マーチ氏
夫婦
マーチ夫人
メイド
娘
ジョー
メグ
親友
家庭教師
祖父
孫
ローリー
ローレンス氏
友人

TOKIMEKI YUME BUNKO
若草物語
L・M・オルコット 作
トキメキ夢文庫

登場人物紹介
物語の主役となる４人を紹介します。
ジョー
マーチ家の次女。15才。明るくて活発な性格で、一家のムードメーカー的な存在。本を読むことが好きで、小説家を目指して物語を書いている。
メグ
マーチ家の長女。16才。家庭的でおだやかな性格。お金持ちの家の子どもの家庭教師をして、一家を支えている。はなやかな世界にあこがれているが……。

エイミー
マーチ家の四女。12才。絵を描くことが得意で、よく草花をスケッチしている。おませで生意気なところがあり、ときどきジョーと対立することも。
ベス
マーチ家の三女。13才。人形や動物をかわいがる心優しい女の子。とても内気な性格だが、得意なピアノがきっかけでローレンス氏と仲よくなる。

若草物語 もくじ

第1章 メリークリスマス！
プレゼントのないクリスマスなんて、クリスマスって言えない！
ムスーッ
！
次女 ジョー
三女 ベス
四女 エイミー
長女 メグ

*南北戦争……1861〜1865年に起こった、アメリカの北部と南部の対立戦争。

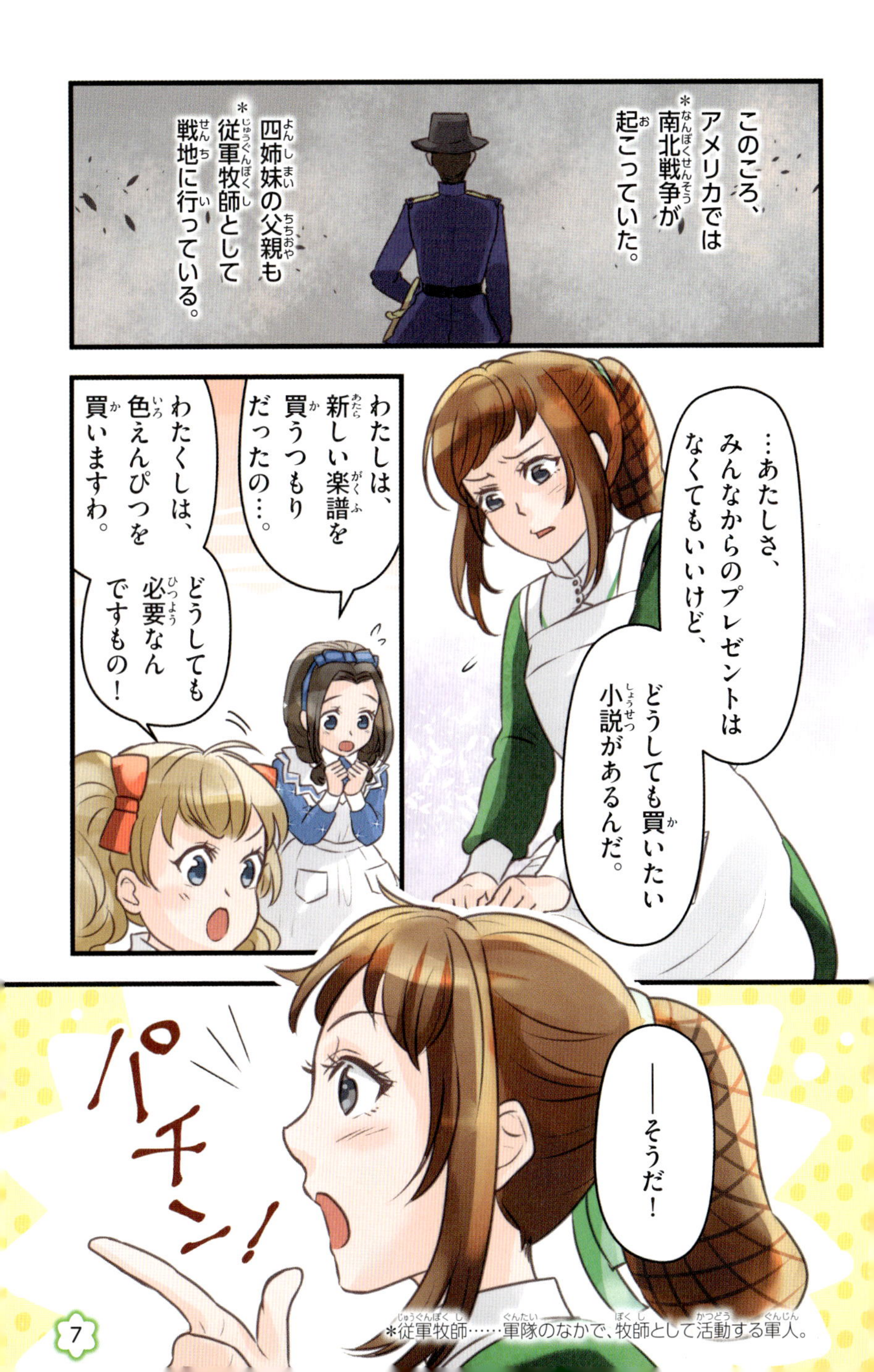

＊従軍牧師……軍隊のなかで、牧師として活動する軍人。

お母さまは、おこづかいの一ドルのことは何もおっしゃらなかった。
だから何もかもあきらめなさいってことじゃないんだよ。

みんな、それぞれ欲しいものを買おうよ！
おこづかいを手に入れるのに、ずいぶんがんばったんだから！

…たしかに、朝から晩までキングさんのわがままな子たちの家庭教師をするのは大変だわ。

姉さんは半分もつらくないよ。

マーチおばさまったら、一日じゅう文句ばっかりで、窓からにげ出したくなるんだから。

それも大変だと思うけど…。

お皿を洗ったり、おそうじもいやなお仕事だと思うわ。

手が乾燥してピアノも上手にひけないし。

一番つらいのはわたくしです！

学校には、お金持ちでないと人をばかにしたり、
わたくしの鼻の格好が悪いとぶじょくしたりする子もいますのよ！

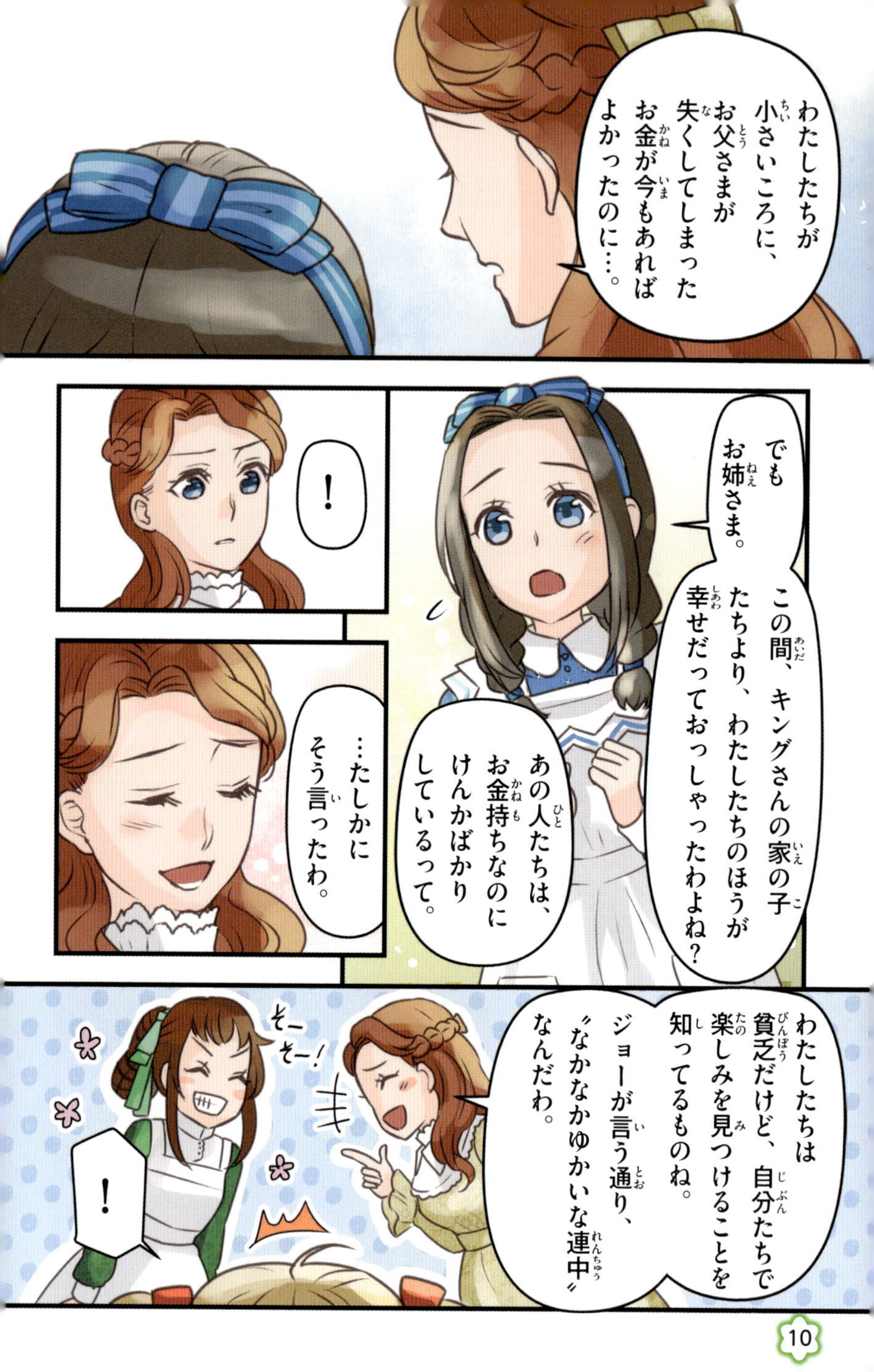
わたしたちが小さいころに、お父さまが失くしてしまったお金が今もあればよかったのに…。

でもお姉さま。

!

この間、キングさんの家の子たちより、わたしたちのほうが幸せだっておっしゃったわよね?

あの人たちは、お金持ちなのにけんかばかりしているって。

…たしかにそう言ったわ。

わたしたちは貧乏だけど、自分たちで楽しみを見つけることを知ってるものね。

ジョーが言う通り、"なかなかゆかいな連中"なんだわ。

そーそー!

!

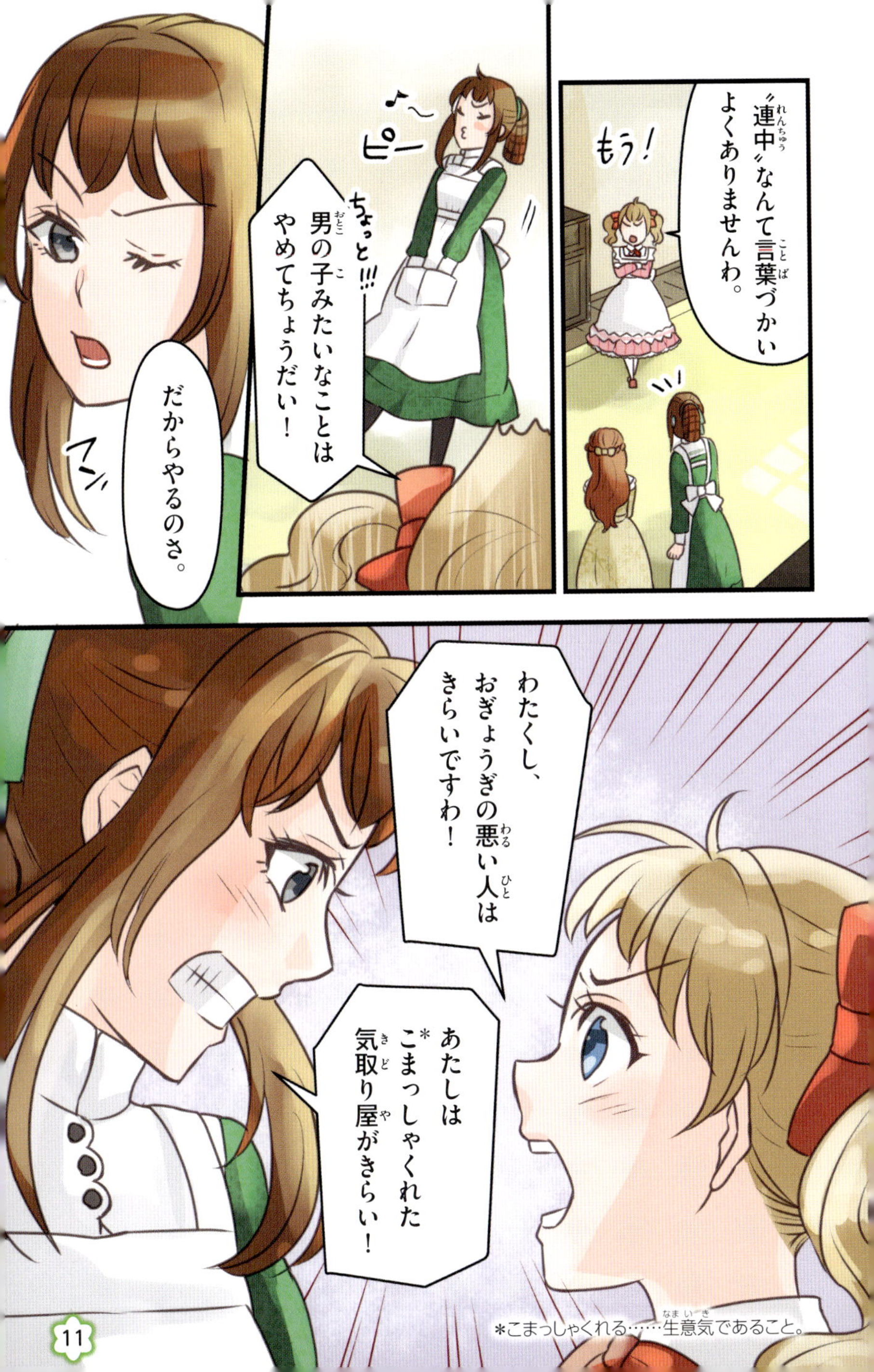

*こまっしゃくれる……生意気であること。

ジョー、男の子みたいなまねはよしなさい。もう大きくなって髪も結っているんですよ。

ジッ
髪を結ってるのが大人なら、二十才になるまでお下げでいる！

あーあー！

なんで女の子なんかに生まれたんだろう。

あたしは遊びも仕事も態度も男の子みたいにしたいの。

男の子なら、お父さまと一緒に戦争に行くことだってできたのに！

かわいそうに。わたしたちの男兄弟の役をしてがまんしてね。

エイミー、あなたは気取りすぎよ。今は小さいからそういうところもかわいく見えるけど、早く直さないとおばかさんになってしまうわよ。

ムスーッ

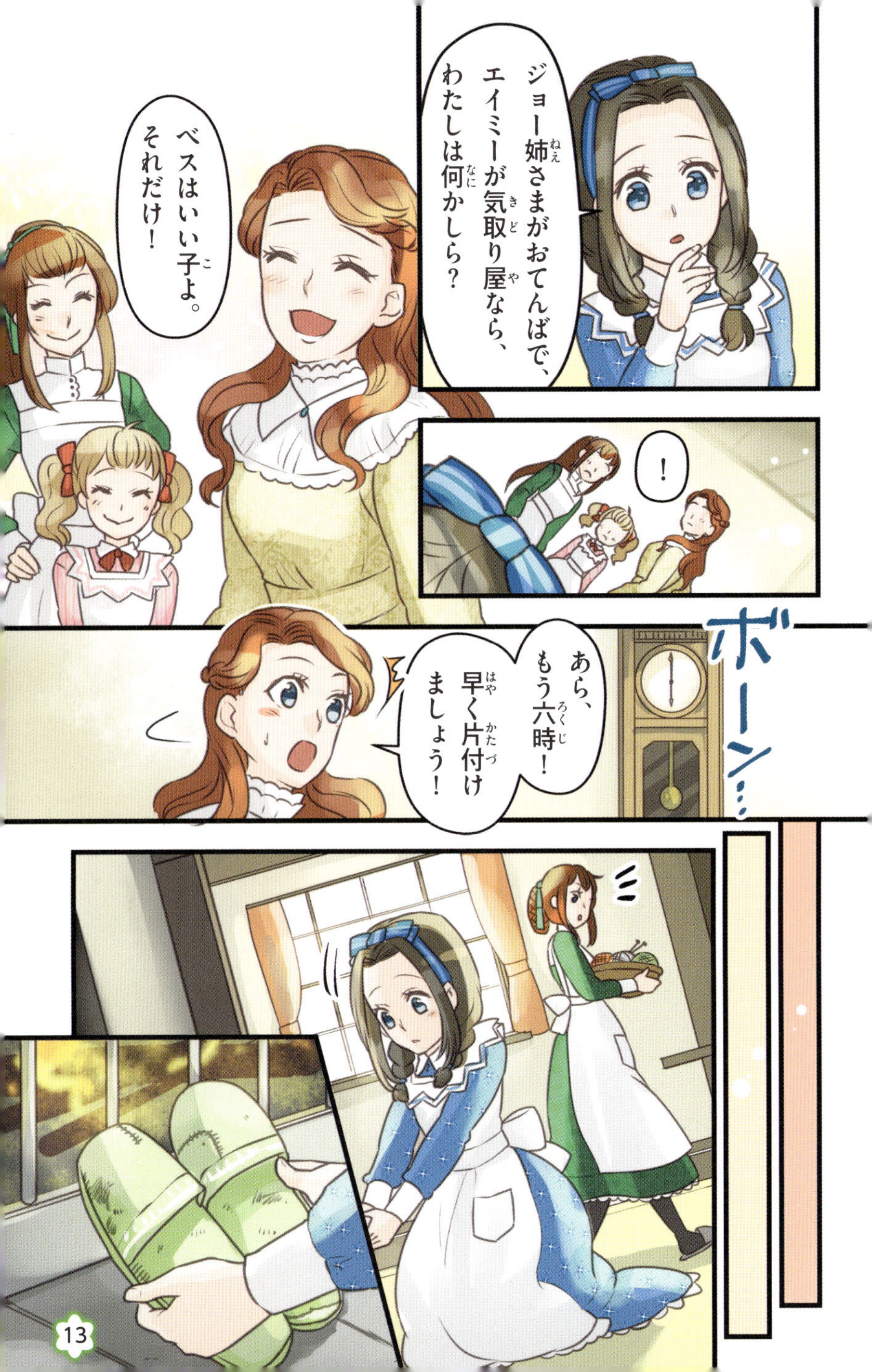
ジョー姉さまがおてんばで、エイミーが気取り屋なら、わたしは何かしら？
ベスはいい子よ。それだけ！
！
ボーン…
あら、もう六時！早く片付けましょう！

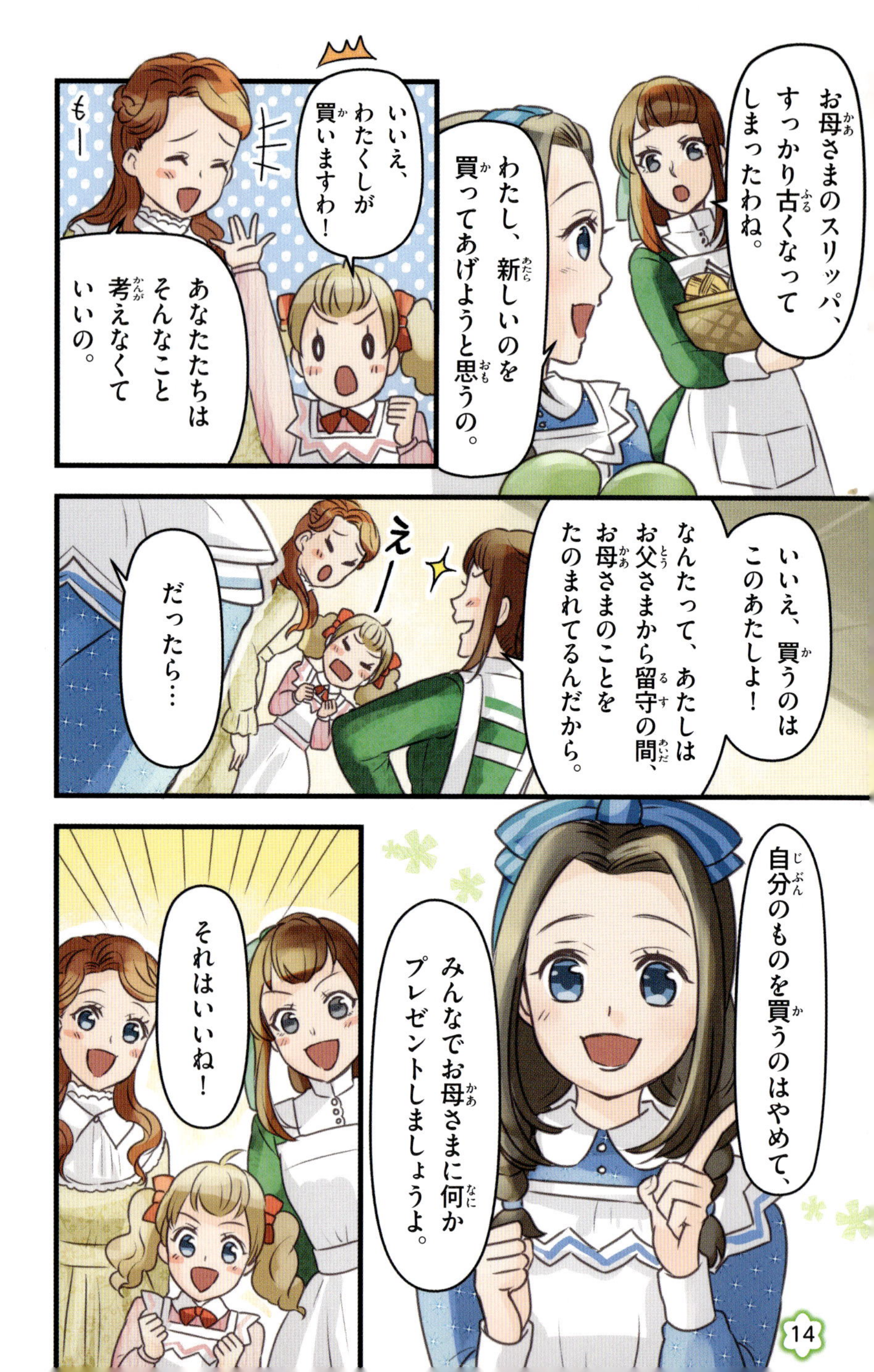
お母さまのスリッパ、すっかり古くなってしまったわね。

わたし、新しいのを買ってあげようと思うの。

いいえ、わたくしが買いますわ！

もー
あなたたちはそんなこと考えなくていいの。

いいえ、買うのはこのあたしよ！

なんたって、あたしはお父さまから留守の間、お母さまのことをたのまれてるんだから。

えー
だったら…

自分のものを買うのはやめて、
みんなでお母さまに何かプレゼントしましょうよ。

それはいいね！

あたし、うんと丈夫なスリッパを買ってあげる！

わたしは、きれいなししゅうのハンカチをあげるわ。

わたしは、新しい手袋にするわ。

わたくしは、オーデコロンの小ビンにします。それならあまり高くないから、自分のものを買うお金も残るはずですわ。

お母さまへのサプライズだね！

わい
わい
ガチャ。

みんな、ずいぶん楽しそうね。

お母さま！

おかえりなさい！

…娘たちに伝えてください。

昼は四人のことを思い、夜は四人のために祈り、いつでもその愛情を思い浮かべている、と。

娘たちは、わたしが言い聞かせたことをよく覚えているでしょう。

四人がそれぞれの役目を果たし、自分の心のなかの敵と戦い続けることができれば、次に会えたときに父は、
お父さまはもう戦争に行かなくていいお年なのに、牧師として戦地にいらっしゃったのは本当に立派なことだわ。

“小さなレディー”たちをより深く愛し、ほこりに思うことができるはずです。

…わたくし、いい子になりますわ。お父さまをがっかりさせたくないんですもの。

わたしは見かけばかり気にして働くことをいやがっていたけど、もうそんなことはやめるわ。

あたしも乱暴な態度はやめて家の仕事もしっかりやるわ。

ぐすぐす
!

——みんな、
ス、
クリスマスの朝になったら、まくら元を見てごらんなさい。

そこに、あなたたちにとても役立つものがありますからね。

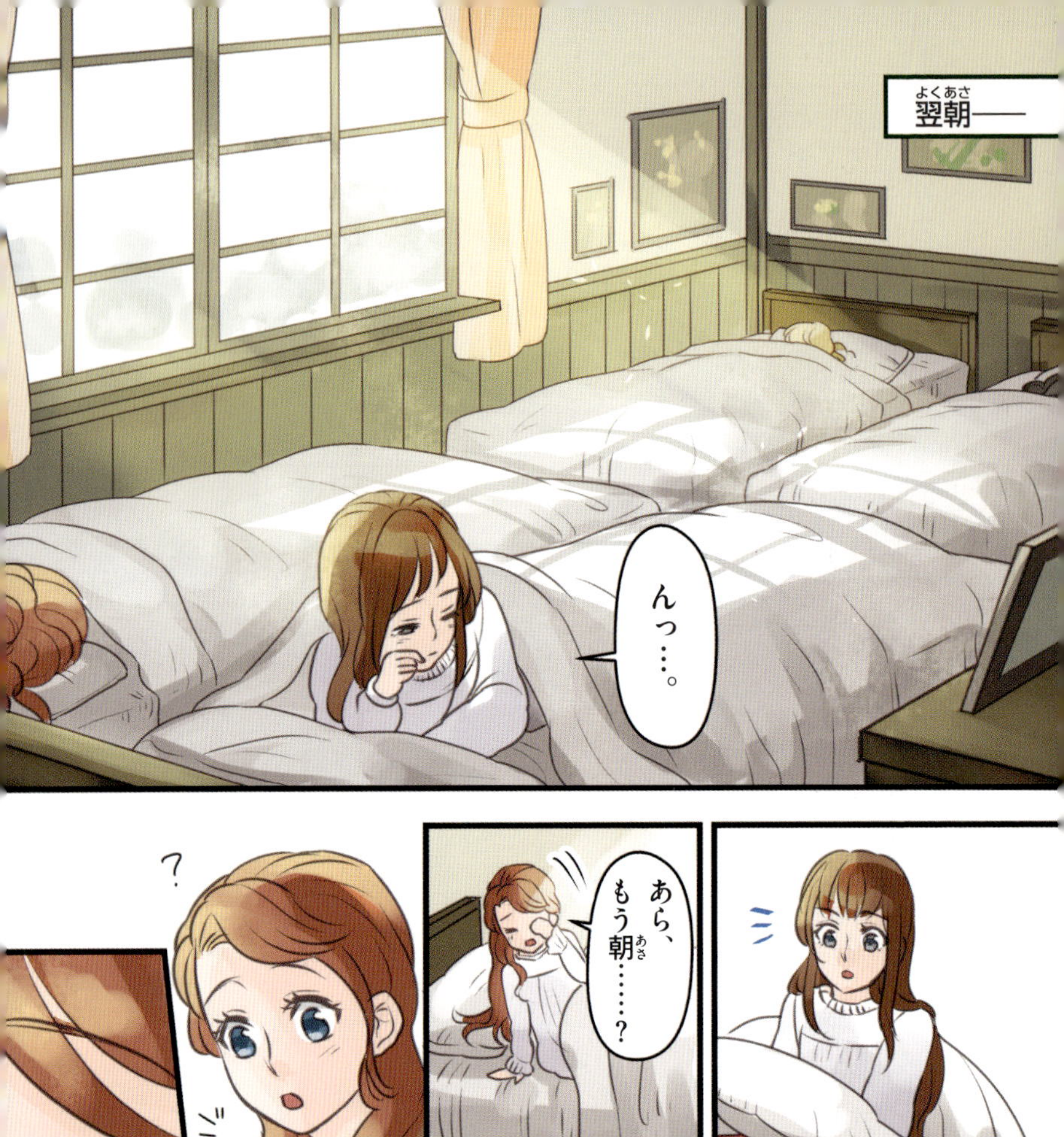
翌朝──
んっ…。

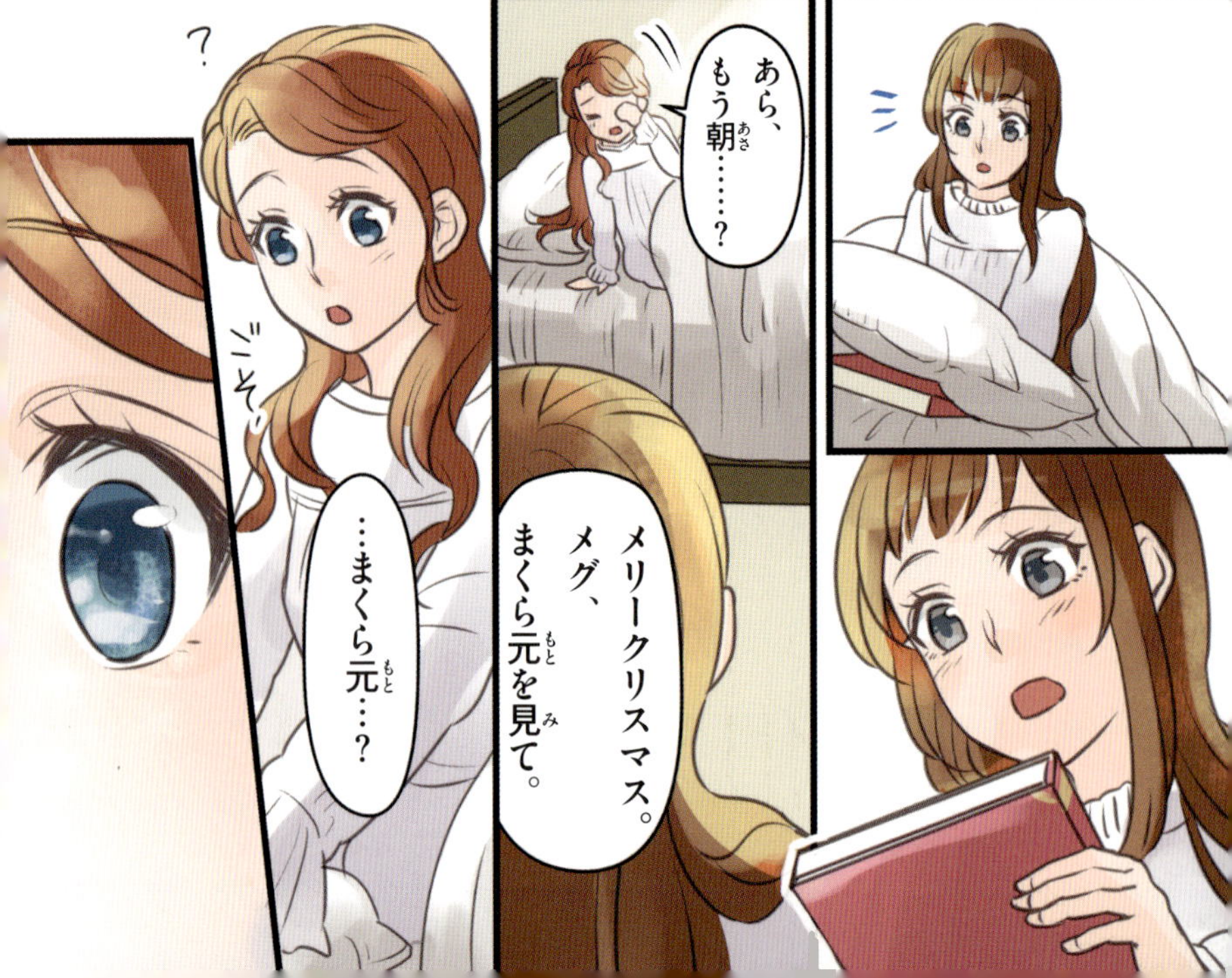
あら、もう朝……？
？
メリークリスマス。メグ、まくら元を見て。
ゴそ
…まくら元…？

*鳩羽色……灰色がかったうすい青紫色。

メリークリスマス、ハンナ！
…あら、お母さまは？
メリークリスマス、みなさん。
近所の子どもが助けて欲しいと訪ねてきましてね。
おくさまはようすを見におでかけになりましたよ。
まあ、そうなの…。じゃあ、朝食の用意をお願いね。
はい！
ひそ
ジョー、こっちよ。
ひそ
プレゼントはここにかくしておいたわ。
…あら？
エイミーのオーデコロンがないわね。
リボンでもかけに行ったんじゃない？
あら、そうなの。

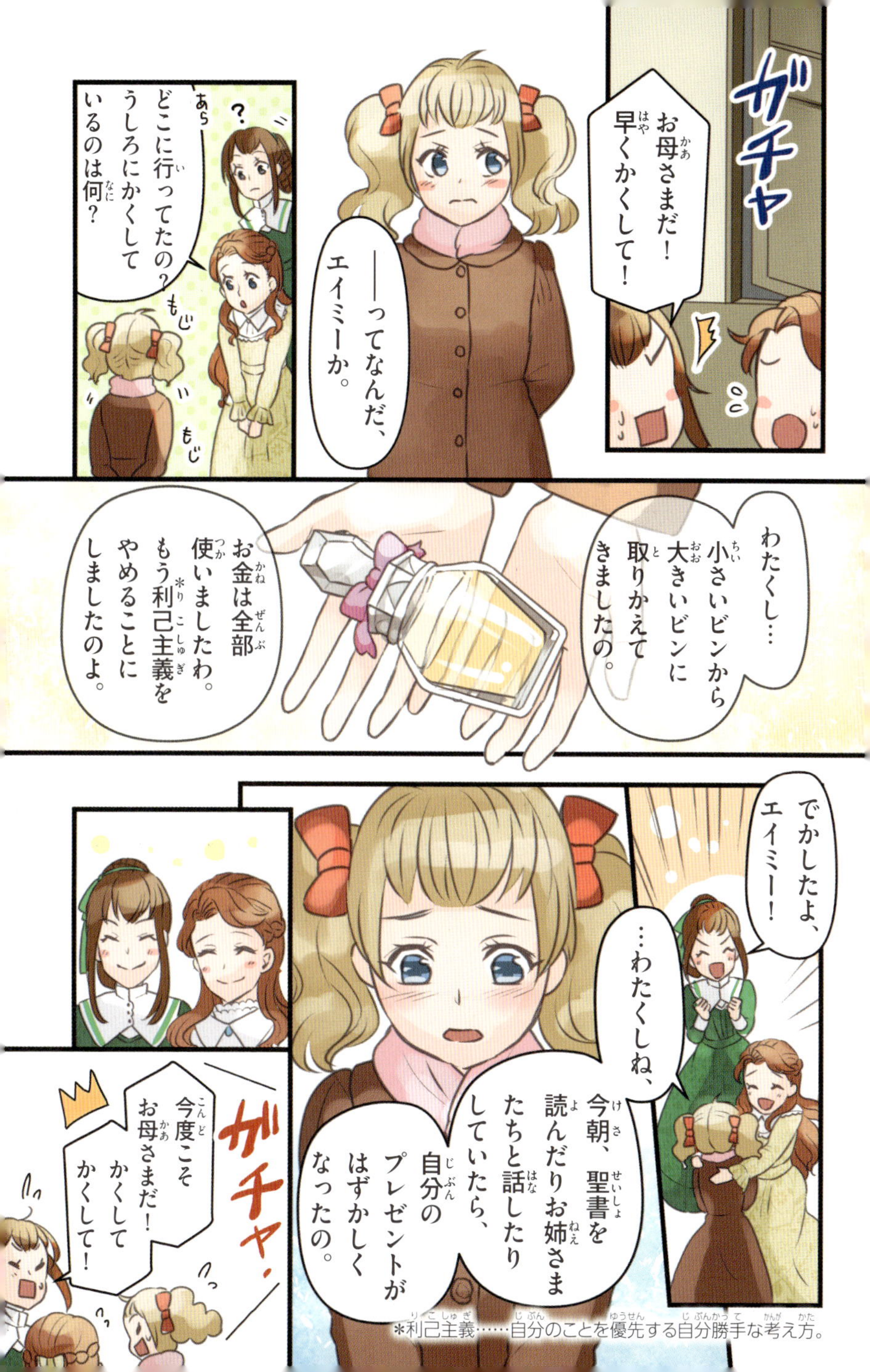
ガチャ
お母さまだ！早くかくして！

――ってなんだ、エイミーか。

あら どこに行ってたの？うしろにかくしているのは何？

？

もじ もじ
わたくし…小さいビンから大きいビンに取りかえてきましたの。

お金は全部使いましたわ。もう*利己主義をやめることにしましたのよ。

でかしたよ、エイミー！

…わたくしね、今朝、聖書を読んだりお姉さまたちと話したりしていたら、自分のプレゼントがはずかしくなったの。

ガチャ
今度こそお母さまだ！かくしてかくして！

*利己主義……自分のことを優先する自分勝手な考え方。

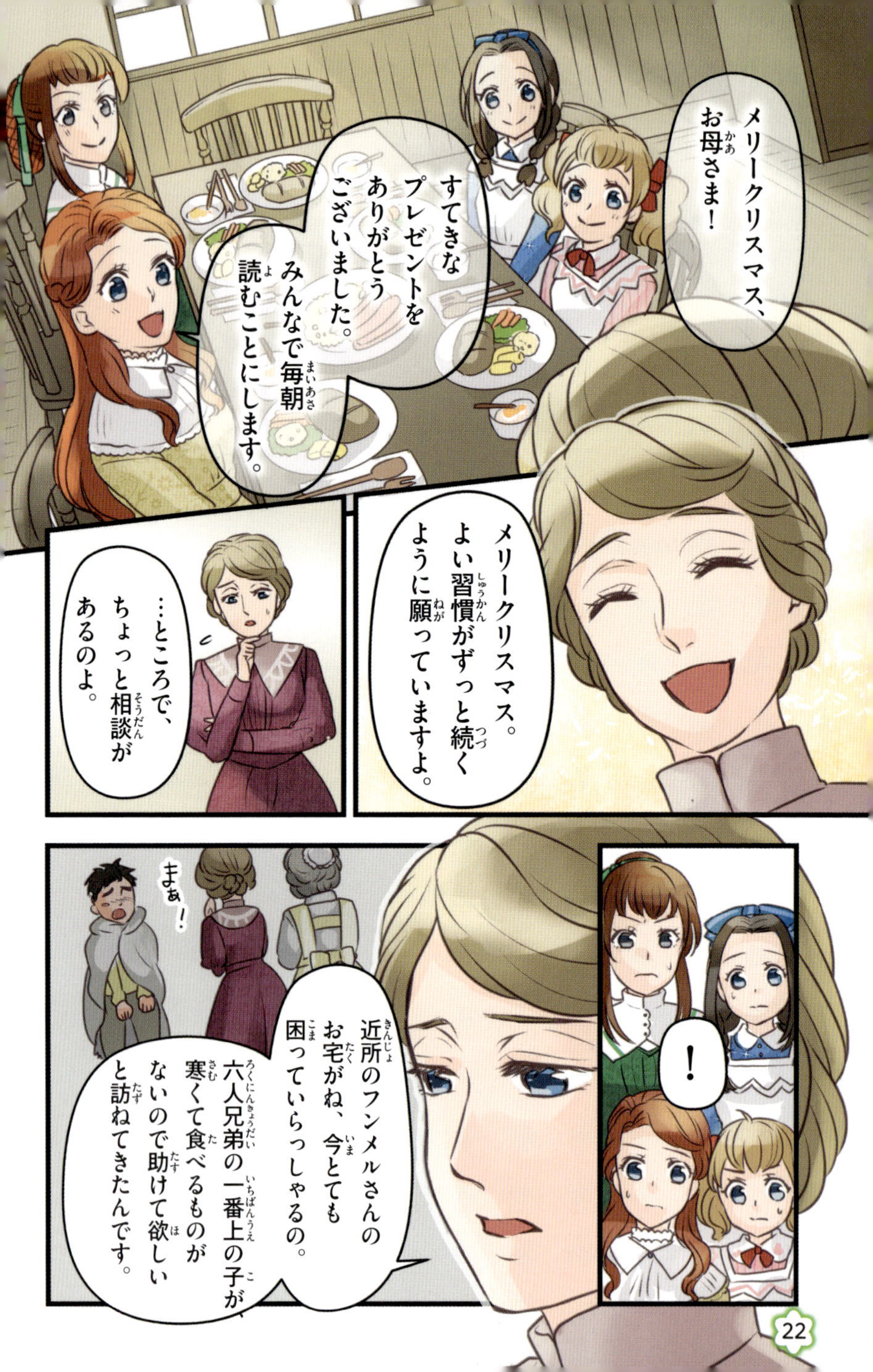
メリークリスマス、お母さま！

すてきなプレゼントをありがとうございました。みんなで毎朝読むことにします。

メリークリスマス。よい習慣がずっと続くように願っていますよ。

…ところで、ちょっと相談があるのよ。

!

近所のフンメルさんのお宅がね、今とても困っていらっしゃるの。

六人兄弟の一番上の子が寒くて食べるものがないので助けて欲しいと訪ねてきたんです。

まぁ！

おくさんはご病気で、生まれたばかりの赤ちゃんもいるのに、みんな寒くてひとつのベッドに丸くなっているのよ…。

それでね、あなたたちの朝ごはんをクリスマスプレゼントにしてあげたらどうかしら？

……。

カタン！

――よかった！

あたしたちが手をつけないうちで！

わたしもお手伝いしていいですか？

わたくしも！

ありがとう。きっとそう言ってくれると思っていましたよ。

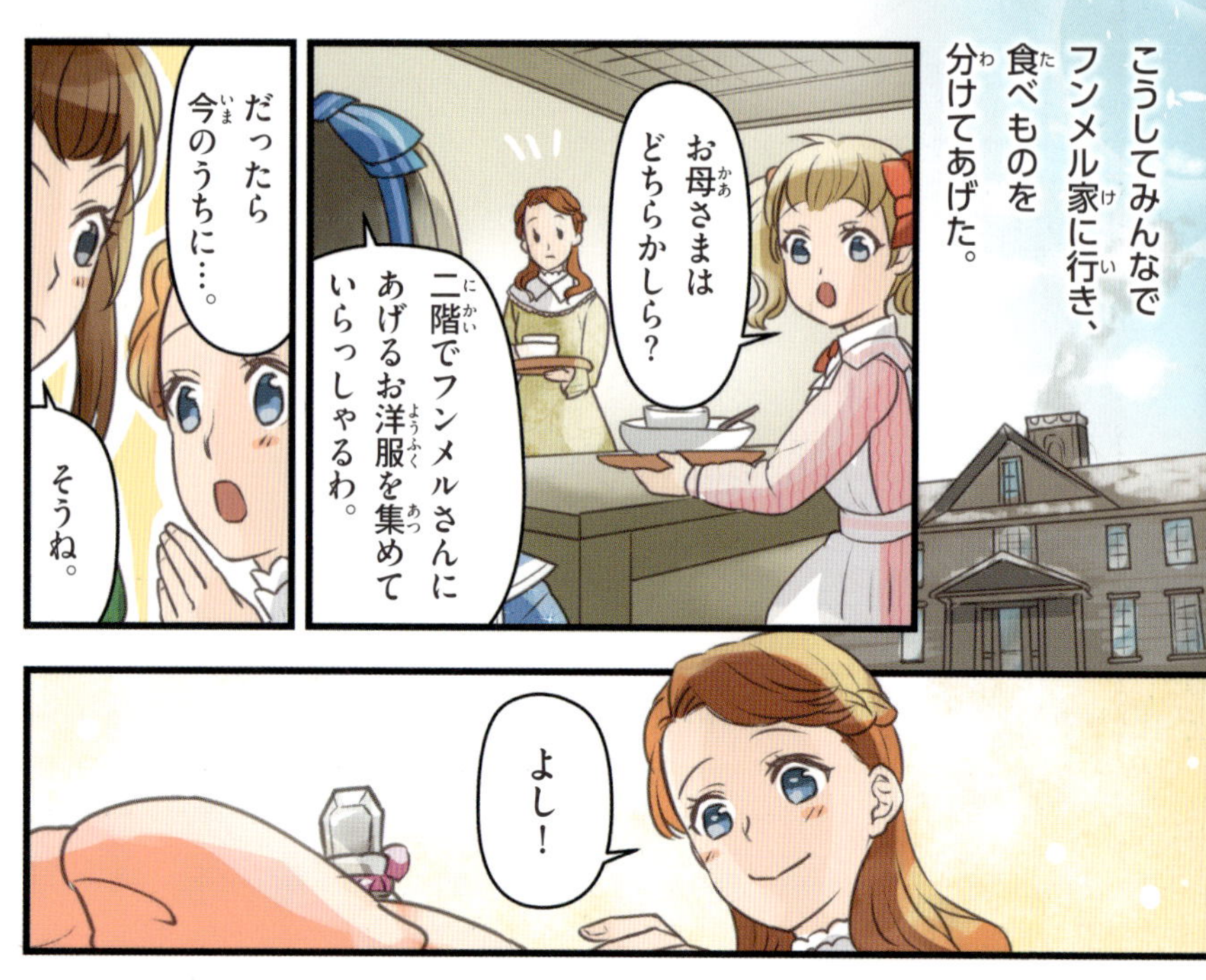
こうしてみんなでフンメル家に行き、食べものを分けてあげた。
お母さまはどちらかしら？
二階でフンメルさんにあげるお洋服を集めていらっしゃるわ。
だったら今のうちに…。
そうね。
よし！

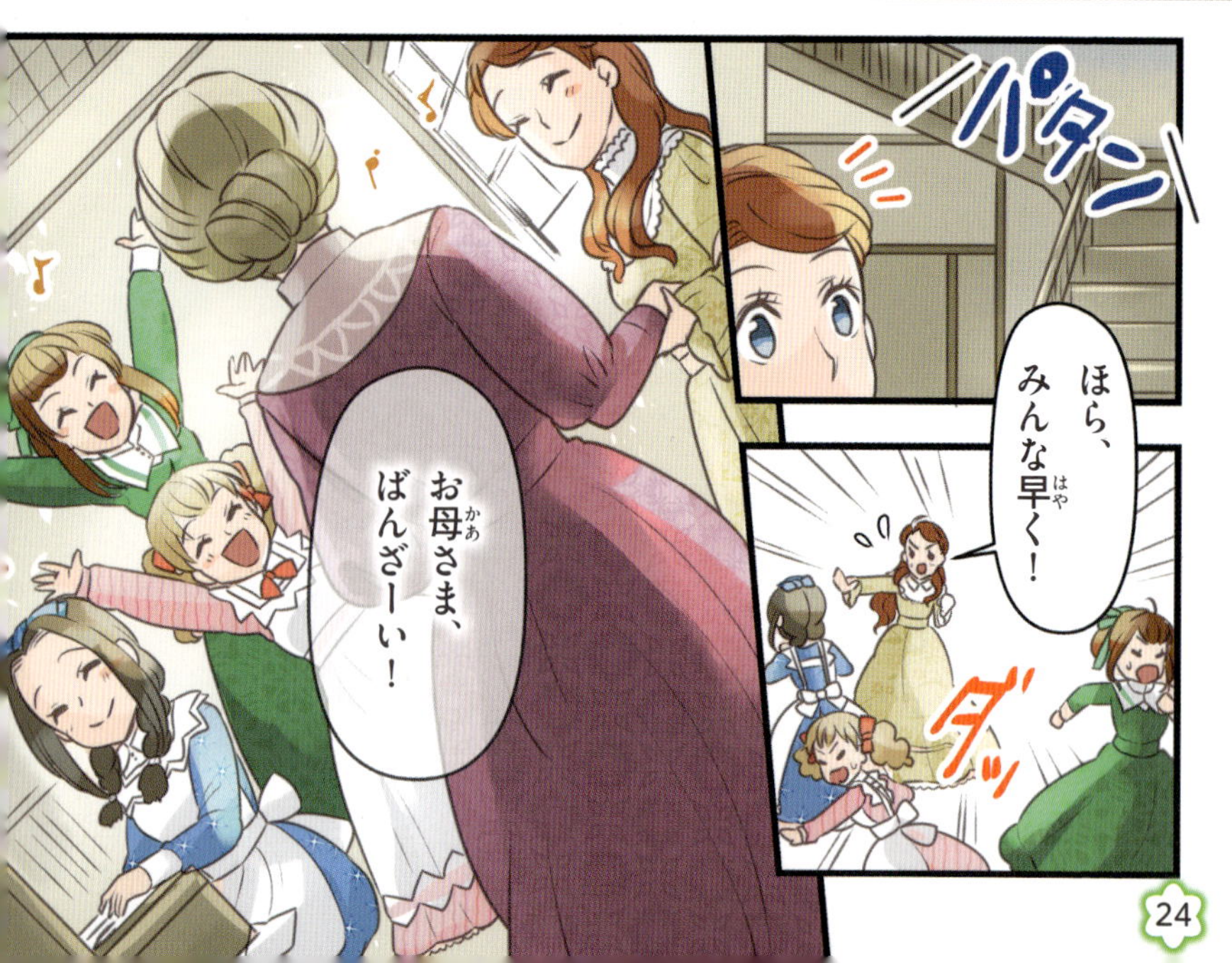
お母さま、ばんざーい！
パタン
ほら、みんな早く！
ダッ

Dear. Mother
まあ、あなたたち……！
とっても温かいわ。
なんていい香りでしょう。
わたしの手にぴったりですよ。
きれいなししゅうね――……。

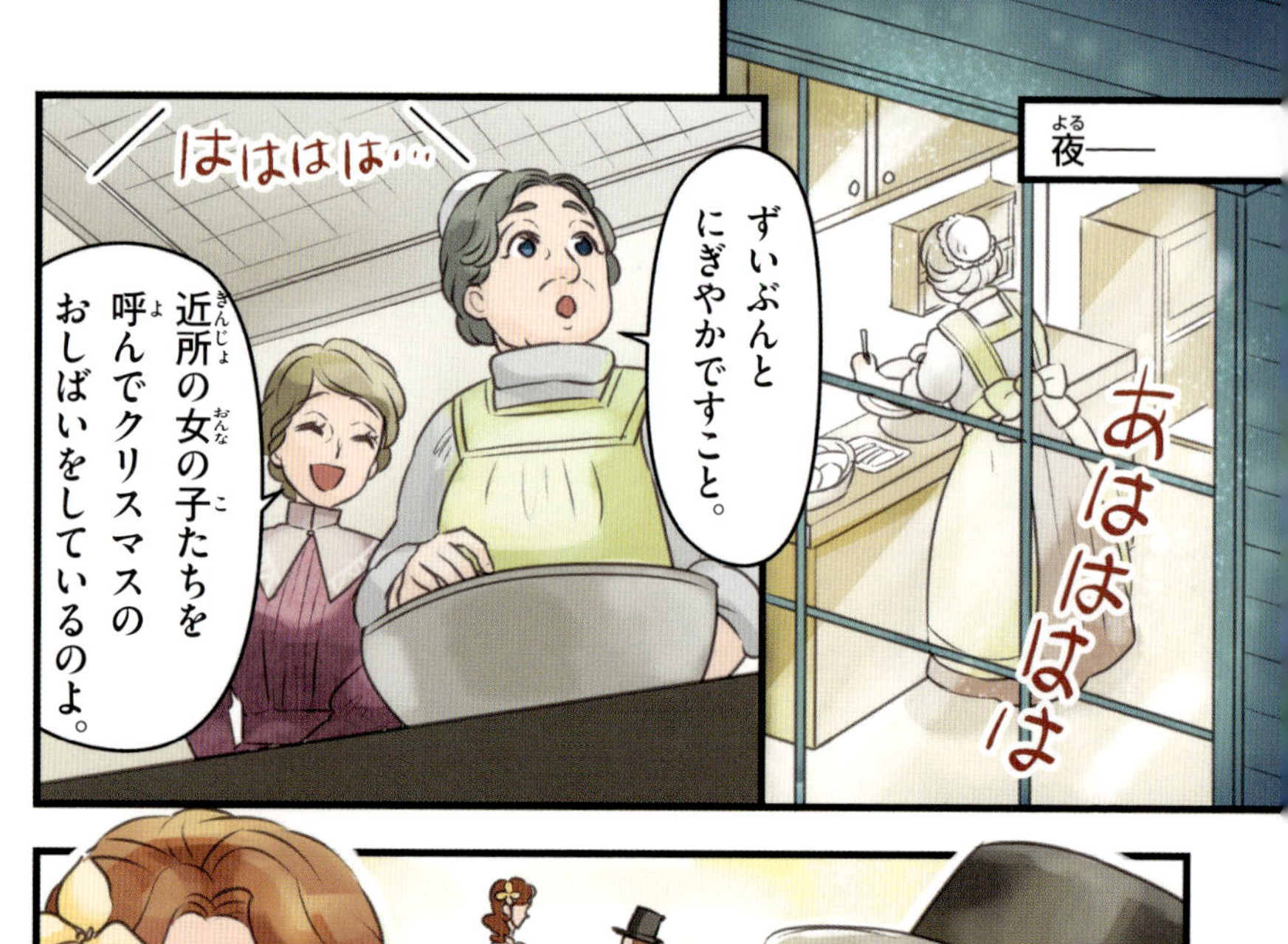
夜――
あははははは
ずいぶんとにぎやかですこと。
近所の女の子たちを呼んでクリスマスのおしばいをしているのよ。
ははははは…

おお、わが愛しき人よ…。

わっ
パチ
パチ

ガチャ
みなさん。
お夜食の支度ができましたので下においでくださいまし。
はーい！

わい
わい

まあ!
これは…、ようせいが用意してくれたのかしら?

きっとサンタクロースよ!
いいえ
おとなりのローレンスさんですよ。
え!?
どうしてあの方が?
ハンナがあちらのメイドさんに、
あなたたちがフンメルさんのお宅でしたことを話したんですって。

ローレンスさんは、それを聞いてお気にめしたんでしょう。
あなたたちにとこれを届けてくださったのよ。
ハッ
きっと、あの男の子が考えたんだ!
ローレンスさんのお孫さんの!

ワ
ッ
さあ、いただきましょう！
きれいねえ…。
お母さま。
なあに？
わたし、できることならお父さまにもお花をおくりたいわ。
こんなに楽しいクリスマスは過ごしていらっしゃらないでしょうから…。
――！

物語の舞台はどんなところ？

『若草物語』の舞台は、作者のルイーザ・メイ・オルコットが青春時代を過ごした、アメリカ合衆国マサチューセッツ州コンコード。どんな村がモデルになったのか物語とともに見ていきましょう。

四姉妹が暮らすコンコードはこんなところ！

コンコードは、のちに四姉妹の父が療養することになるワシントンから、車でおよそ8時間ほどの町。当時は、馬車で移動していたので、1日がかりの移動だったでしょう。オルコットのほかにも、有名な作家たちがこの町で過ごし、文学の聖地として知られています。

コンコード

ワシントン

南北戦争って？

１８６１～６５年、アメリカ合衆国の南部と北部の対立戦争での兵士たちの様子。4年にわたる戦争の結果、北部が勝利し、北部の主要産業であった工業をメインに、アメリカは大国に成長していきます。四姉妹の父も北部側で従軍牧師をしていました。

オーチャードハウス

オルコットとその家族が19年間暮らし、物語のなかでも四姉妹が暮らす家のモデルになりました。現在では、実際になかを見学することができます。

リビング

オーチャードハウスのリビング。オルコットの母が、イスに座っています。マーチ夫人のように、四姉妹に手紙を読み聞かせたのでしょうか。

キリスト教ってどんな宗教?

隣人愛（＝助け合い）の精神を大切にするキリスト教。聖書を読んだ四姉妹は、フンメル一家に朝食を分けあたえ、キリスト教の理想の女性像“小さなレディー”になることをちかうのです。

キリスト教のミサ

キリスト教は、聖書に基づき「神を信じる者はだれもが救われる」ことを説く宗教です。キリスト教の一派であるクエーカー教では、ミサ（＝お祈り）のときに体をゆらすので、「体がゆれる人」という意味の「クエーカー」と呼ばれています。オルコットは、このクエーカー教を信仰していました。

天路歴程って?

あるキリスト教徒が、さまざまな困難を乗り越えて、理想的なキリスト教徒を目指す物語。『天路歴程』ごっこで四姉妹が登った丘は、物語のなかでは「天国の町」といわれる場所で、主人公が目指すゴール（＝理想の姿）です。

第2章 ローレンス少年

舞踏会の夜

大みそかの夜、メグとジョーは、パーティー用のドレスに着がえた。知人のガーディナー夫人から小さな舞踏会に招待されたのだ。メグは銀色がかった茶色、ジョーはえんじ色のドレスで、ベスとエイミーに手伝ってもらって準備を始めた。

ジョーがメグの前髪をこてで巻いていたときのこと、

「何かこげたにおいがしますわ。」

とエイミーが言った。

「大丈夫！　かわいらしいカールになってるはずだから。」

しかし、ジョーがこてを外すと、メグの前髪がボロボロに焼けこげてしまってい

たのだ。ジョーが真っ青になっていると、鏡を見たメグは悲鳴を上げた。

「ジョー、一体何てことをしてくれたのよ！　これじゃあ行かれないわ。」

「リボンをつければ前髪はかくれますし、流行の髪型に見えるから大丈夫ですわ。」

エイミーがメグをはげまし、なんとか二人の支度が整った。

「いってらっしゃい。お夜食を食べすぎないようにね。」

二人は母に見送られて家を出た。


ガーディナー家に着くと、メグはこの家の長女のサリーとおしゃべりを始めた。

ジョーはというと、ドレスの背中に焼けこげがあるのをかくすために、一人でかべぎわに立っていた。ダンスが始まると、メグは男性たちにさそわれて、楽しそうにおどっていた。

ジョーは退屈してしまい、一人で休もうと、カーテンで仕切られた広間の向こう

の小部屋に行ってみることにした。

するとそこには、思わぬ先客がいた。

「ごめんなさい。だれもいない……いえ、どなたもいらっしゃらないと思って。」

相手の顔を見てジョーはおどろいた。おとなりに住むローレンス少年だったのだ。ジョーは、女性らしくていねいに話すことを心がけて口を開いた。

「ローレンスさん、先日はすてきなプレゼントをありがとうございました。」

「あれは祖父がしたことですよ。」

「ですがきっと、あなたが思いつかれたことでございましょう?」

ローレンス少年は、思わずといったふうに笑った。以前、ベスの猫がローレンス家に迷い込んでしまい、ジョーが連れもどしに行ったことがあるのだが、そのときの口調とあまりにもちがうため、おかしく思ったのだ。

「猫は元気ですか？　マーチさん。」

「元気すぎるぐらいです。それとあたしはマーチさんじゃなくて、ジョーです。」

「だったらぼくのことも、ローリーと呼んでください。」

それからジョーとローリーはあれこれおしゃべりをした。ローリーはフランスやスイスに行ったときの話をしてジョーを楽しませ、ローリーは、はきはきと意見を言うジョーと話すのをとても楽しいと思った。

二人で話し込んでいると、広間から陽気なポルカ*が聞こえてきた。

「おどりに行かないんですか？」

ローリーにたずねられて、ジョーはドレスに焼けこげがあることを打ち明けた。

*ポルカ……チェコの民俗舞曲。

「あちらの小さいホールでおどりましょう。それならだれにも見られませんよ。」

ジョーは、優しいローリーの提案に応じて、小さなホールでポルカをおどった。

二人で楽しくとんだりはねたりしていると、メグがやって来た。

「おどっていて足をくじいたの。ハイヒールのせいで、足首をひねったのよ。」

メグは痛みのあまり、真っ青になっていた。

「ひどいわね。馬車をたのんで帰りましょう。」

「馬車なんてだめよ。お金がかかるもの。」

「あの、もうすぐうちの馬車がむかえに来ますので、よければお送りしますよ。」

二人の話を聞いていたローリーが言った。メグとジョーはえんりょしたが、ローリーは雨も降り出したからと言い、二人を馬車に乗せてくれた。ローレンス家の立派な馬車に乗っていると、優雅な気分になってメグは足の痛みも忘れてよろこんだ。

家に着くと、妹たちを起こさないように静かに階段を上がった。だがドアを開けると、ベスとエイミーがベッドからむくりと起きあがった。

「パーティーはどうだったの？　お話を聞かせて！」

二人とも目をかがやかせて聞いていたが、聞き終えるとねむってしまった。ジョーは、メグの足に薬をぬってから、ていねいに髪をとかしてあげた。

「パーティーから馬車で帰ってきて、パジャマで座ったまま髪をとかしてもらえるなんて、何だか貴婦人になったみたい。」

メグが言うと、ジョーは笑って答えた。

「どんな立派な貴婦人だって、あたしたちほどおもしろくないと思うよ。焼けこげのあるドレスを着ていたり、足をくじいてひどい目にあったりするなんてね。」

おとなり同士

ある雪の日、ジョーはゴムの長ぐつをはいて上着を着込み、ほうきとシャベルを持って庭に出た。庭はマーチ家とローレンス家の境になっている。ジョーはそこを、雪かきをしながら進んでいった。

低い生けがきの向こうに見えるローレンス家は、石造りの大きな建物で、馬車小屋や温室もある立派なお屋敷だ。ここでローリーは、祖父のローレンス氏と暮らしている。メイドが何人もいるはずだが、どこかさびしい雰囲気の家だ。

舞踏会以来、ジョーはローリーと友だちになりたいと思っていた。そこで今日はローリーに会おうと決めてやって来たのだ。

二階の窓に、黒髪の頭が見えたので、ジョーは雪玉をつくり、窓に向かってなげた。すると、すぐに窓が開いてローリーが顔を出した。

「こんにちは！　お元気？」

「実は、ひどいかぜをひいて一週間もねこんでいたんです。」

かれた声でローリーは答えた。

「だれかお見まいに来ないの？」

「だれも。きみが来てくれる？」

「もちろん！　少し待ってて！」

ジョーは一度家にもどると、両手に荷物をかかえてローレンス家を訪ねた。メイドの案内でローリーの部屋に入るとジョーは明るい声で言った。

「お母さまがよろしくって。これはブラマンジェ*。お茶の時間に食べて。」

*ブラマンジェ……アーモンドで香りをつけた牛乳をゼラチンで固めたあまいおかし。

ジョーが見せたお皿には、メグがつくった真っ白なブラマンジェが乗っており、
エイミーが育てているゼラニウムの葉と赤い花もかざられていた。

「ありがとう。食べるのがもったいないぐらいきれいだ。」

「それと妹のベスがね、猫たちがあなたを元気づけてくれるでしょうって。」

ジョーは片手に子猫を三匹もかかえていた。そのかわいらしい姿を見て、ローリーの顔がパッと明るくなった。

「いいお部屋ね。」

とジョーは言ったが、ローリーは首をふった。

「きちんと片付いていれば、そうかもしれないけど。」

たしかに少し散らかっていたので、ジョーはおしゃべりしながら片付け始めた。

「あたしが二分できれいにしてあげる。だんろはちょっとほうきではけばいい。棚のものはまっすぐ並べて、本はここ。ビンはそっち。ソファは日が当たるところに動かして……ほら、できた！」

ローリーはソファに座ってため息をついた。

「すごいなあ、こうすればよかったんだ。さあ、そっちのいすに座って。お客さまをおもてなししなくちゃ。」

「いいえ、おかまいなく。あたしがあなたを元気づけに来たんだから。」

「だったら、何か話をしてくれませんか。」

「まかせて。あたしは話し出したら止まらないって、ベスに言われてるんだから。」

「ベスは、バラ色のほおの女の子でしょう？　巻き毛の子がエイミー、ですよね？」

「その通り。どうして知ってるの？」

ローリーは少し赤くなって答えた。

「窓を開けていると、あなたたちがおたがいを呼ぶ声が聞こえるんです。それで、一人でいるとついお宅の方を見てしまって。勝手に見るのは失礼なんですけど、毎日楽しそうだから……。ときどき、カーテンを閉めるのを忘れることがあるでしょう？　ご家族そろってテーブルについていると、ここから、あなたのお母さまの顔が正面に見えるんです。とても優しそうで……どうしても見てしまうんですよ。ぼくには母がいないから……。」

「そう……。だったら、これからは絶対にカーテンなんか引かない。好きなだけ見てちょうだい。でも、それよりうちに遊びに来てくれるほうがうれしいな。お母さまもみんなも、きっとよろこぶから。」

ジョーはローリーに、最近マーチ家で起きたおかしな出来事をたくさん話して聞かせた。ローリーは何度も大笑いし、それから二人は本の話をした。ローリーはジョーに負けないぐらい本が好きだった。

「よかったら、うちの図書室へ行きましょう。祖父は出かけているから、こわがることはありませんよ。」

「あたしにこわいものなんかありません。」

「そうだと思った。」

ローリーはまた笑って立ちあがった。

図書室に入ると、ジョーは手をたたいてよろこんだ。そこには、かべ一面に本がぎっしり並んでいた。絵画や彫刻、こっとう品がかざられ、座り心地のよさそうないすもある。

「すごい！　ローリー、あなた、世界一幸せな少年だね！」

そこにメイドが入ってきた。

「ぼっちゃま、お医者さまがお見えになりました。」

「わかった。ジョー、ここで少し待っていて。」

一人になったジョーは、かべにかけられたローレンス氏の肖像画の前に立った。

「ずいぶん頑固そうだけど、優しい目ね。うちのおじいさまほど立派なお顔立ちじゃないけど、あたし、この人好きだな。」

「それはありがとう、おじょうさん。」

背後から声をかけられ、おどろいてふりかえると、ローレンス氏が立っていた。

「わしは、あんたのおじいさまほど立派な顔立ちではないんだね？」

「……そう思います。」

「それでも、あんたはわしが好きだと？」

「はい、好きです。」

ローレンス氏は笑ってジョーと握手をした。

「あんたのおじいさんも、正直で勇気のある人

だった。わしの大切な友だちだよ。」

ジョーが、ローリーと友だちになりたくて訪ねてきたのだと話していると、お茶の時間を知らせるベルが聞こえてきた。

「おじょうさんも一緒にどうぞ。」

ローレンス氏はジョーに、自分とうでを組むようにうながした。それに応えて二人でろう下に出ると、ローリーが階段を下りてきた。

「おじいさま！　お帰りになっていたんですか？」

ローリーは、ジョーが気むずかしい祖父とうでを組んでいるのを見ておどろいた。

「さあ、お前も来なさい。」

客間でお茶を飲んでいる間、ジョーとローリーは長年の友だちのように話し続け、ローレンス氏は、孫の楽しそうな顔を久しぶりに見て満足していた。

するとジョーは、部屋に置かれたグランドピアノに目を留めた。

「ローリー、あなたピアノがひけるの？」

「まあね。」

「だったら聞かせて。あたし、あのピアノがどんな音色かベスに教えてあげたい。」

ローリーはうなずき、一曲ひいてくれた。とても上手だったので、ジョーが感激してほめると、ローレンス氏の顔がけわしくなった。

「おじょうさん、孫をおだてるのはそのぐらいで十分だ。またぜひ遊びにいらっしゃい。お母さまにもよろしく。」

ローリーは玄関までジョーを送り、別れぎわにこう言った。

「おじいさまは、ぼくがピアノをひくのをいやがるんだ。」

「どうして？」

「いつか話すよ。それじゃあね。また遊びに来てね。」

「もちろん。あなたも、かぜが治ったら、うちに来て。」

家に帰ると、ジョーはローレンス家での出来事を家族に話して聞かせた。

「お母さま、ローレンスさんはどうして、ローリーがピアノをひくのをいやがるんでしょう？」

「そうねえ……。ローリーのお父さまは、ローレンスさんの反対を押し切って、イタリアで音楽家の女性と結婚なさったの。ローリーが小さいころにお父さまもお母さまも亡くなって、それからはローレンスさんが大切に育てていらっしゃるのよ。」

「ローリーがあんなにピアノが上手なのは、お母さまの血を引いたのね！」

「そうね。でもローレンスさんは、ローリーのお母さまを好きではなかったから、ローリーも音楽家になると言い出すんじゃないかと心配なんじゃないかしら。」

「音楽家になりたいならそうさせてあげたらいいのに！　ねえみんな、ローリーに親切にしてあげようよ。お母さま、うちに遊びに来てもらってもいいでしょう？」

「ええ、もちろん。あなたのお友だちですもの。大かんげいですよ。」

第3章 すてきなプレゼント

ベスの冒険

ジョーがローレンス家を訪ねて以来、四姉妹とローリーは、毎日のようにおたがいの家を行き来するようになった。ローリーは、四姉妹をそり遊びやスケートにさそい出し、ローレンス家で小さなパーティーを開いてくれることもあった。

そのため、ローリーはどうしても勉強のほうはおろそかになってしまい、家庭教師をしているブルックさんは、彼の成績が下がったことをローレンス氏に報告した。だが、それを聞いてもローレンス氏はローリーをしかることはなく、ブルックさんにこうたのんだ。

「先生、しばらくの間は見のがしてやって、あとでうめ合わせをさせてやってくだ

さい。おとなりのおくさんが、ローリーは勉強ばかりしすぎているから、もっと遊びや運動もさせたほうがいいとおっしゃるのでな。」

メグは好きなときにローレンス家の温室に行ってきれいな花束をつくり、ジョーは図書室で本を読みふけるようになった。エイミーは図書室にかざられた絵を模写したり、彫刻をスケッチしたりして楽しい時間を過ごした。

だが、はずかしがり屋のベスだけは、みんなのようにローレンス家を訪ねることはできなかった。ベスは音楽が大好きなので、ジョーからローレンス家のグランドピアノのことを聞いて、密かにあこがれていた。

一度だけジョーと一緒にピアノを見に行ったことがあるのだが、ベスの性格を知らないローレンス氏に大きな声で「やあ！」とあいさつをされ、すっかりおびえて帰ってきてしまった。家にもどるとベスは、

「おそろしくて、足がガクガクふるえたのよ。」

と言い、みんながどんなにさそってもローレンス家に行こうとしなかった。ローレンス氏はローリーからこの話を聞いて反省し、何とかしようと考えた。

四姉妹の祖父と友だちだったローレンス氏は、マーチ家に来てはマーチ夫人と昔話をするようになった。そして、さり気なく音楽の話を始め、有名な歌手に会った

ときの話や、オーケストラのコンサートに行ったときのことを四姉妹に聞かせてくれた。その話はとてもおもしろく、いつも部屋のすみで大人しくしているベスも、夢中で聞くようになっていった。

ある日、マーチ夫人とベスが裁縫をしているところに、ローレンス氏が訪ねてきた。そして音楽の話をたっぷりとしたあと、思いついたように言った。

「ところでおくさん、ローリーは近ごろあまりピアノをひきませんでな、わたしはホッとしておりますよ。ただ、ピアノというものは、長い間ひかずにいると、調子が悪くなります。お宅のおじょうさんのどなたかが、ひいてくださるととてもありがたいんですがな。」

その話を聞いているだけで、ベスは胸がドキドキしてきた。

マーチ家の古ぼけたピアノでは、どんなにていねいにひいても、音が外れていて、思うような演奏ができない。もしも立派なグランドピアノを思う存分ひくことができたら、どんなに幸せだろうと思った。

ローレンス氏はベスを見ることもなく話を続けた。

「客間に入っても、だれにも会うことはありません。ローリーは毎日あちこち出かけていますし、メイドもふだんは客間に近づくことはありませんからな。」

それを聞いて、ベスの気持ちは決まった。

「では、そろそろ失礼しよう。」

ベスは、立ち上がったローレンス氏の顔を見上げ、勇気をふりしぼって言った。

「あの……わたしがおじゃましてもよろしいでしょうか？　おじいさまのお宅のピアノをひかせていただきたいんです。」

「おじょうさんは音楽が好きだそうだね？」

ローレンス氏は大きな声を出したりはせず、ベスを優しい目で見つめた。

「はい。あの……もし、おじゃまでなかったら……それで、わたしがひいているのをだれもお聞きにならないのならば、ぜひ、ひかせていただきたいです。」

「だれも聞いてなどいないよ。好きなだけひいてもらえればありがたい。」

「ご親切に、ありがとうございます。」

ベスはほおをバラ色にそめ、感謝の気持ちを込めて、ローレンス氏の大きな手をにぎった。するとローレンス氏は身をかがめて、ベスのおでこにそっとキスをした。

「わたしには昔、おじょうさんのようなきれいな目をした孫娘がおった……。おじょうさんの幸せを願っていますよ。」

しみじみと言うと、ローレンス氏は帰っていった。

ベスは母と一緒によろこび合い、姉たちはまだ帰っていないので、大事にしてい

る人形たちにこのことを知らせに行った。

その晩ねぼけたベスは、夜中にピアノのつもりでエイミーの顔をひいてしまい、みんなを大笑いさせた。

次の朝、ベスはローレンス氏とローリーが出かけていくのをたしかめてから家を出た。そして二、三度、庭を行ったり来たりしてから、勇気を出してローレンス家に入っていった。

客間に着くと、あこがれのグランドピアノがベスを待っていた。

立派なピアノの上には、ベスの好みの美しい曲の楽譜が置いてあり、ピアノの前に座ってふるえる指でけんばんを押してみた。その音を聞いたとたんに、不安な気持ちはたちまち消えていった。

それからベスは夢中でひいた。グランドピアノがかなでる音は、大好きな友だちの声のように思えた。昼ごはんの時間にハンナがむかえに来るまで、ベスは休むこ

となくひき続けた。
この日以来、ベスは毎日のようにローレンス家に行くようになった。ローレンス氏がたびたび、書斎のドアを開けてベスのピアノに聞き入っていることも、ローリーがろう下に立って、メイドたちが客間に入らないように注意していることも、ベスはまったく知らなかった。
ピアノの上に置いてある楽譜や練習本は、ときどき新しいものに変わっていたが、それをローレンス氏が自分のために置いてくれていることも、気づいていなかった。ただ、ベスは毎日が幸せで、ローレンス氏への感謝の気持ちでいっぱいだった。

三色スミレ

ローレンス家に通うようになって二週間が過ぎたころ、ベスが言った。

「お母さま、わたしローレンスさんにスリッパをつくってさしあげたいの。こんなに親切にしていただいているんですもの。何かお礼をしなくちゃいけないわ。」

「それはいいことを思いつきましたね。お姉さんたちにも手伝ってもらいなさい。」

四姉妹で相談して、こいむらさき色の生地に、三色スミレのししゅうをすると、きれいだろうということになった。

ベスは朝から夜遅くまでぬい続け、できあがると短い手紙も書いた。そしてローリーの手を借りて、朝早くローレンス氏の書斎に行き、机の上にプレゼントを置いておいた。

だがその日、ローレンス氏は何も言ってこなかった。次の日も連絡はなく、ベスは子どもがつくったスリッパなどプレゼントして、ローレンス氏をおこらせてしまったのではないかと心配になった。

さらに次の日、ベスがおつかいをすませて家に向かっていると、ジョーたちが代わる代わる窓から顔を出して、こちらを見ているのに気づいた。

不思議に思って近づいていくと、エイミーが手をふりながらさけび始めた。

「ベス！　ローレンスさんがあなたに……。」

だが、言い終わらないうちに、ジョーがぴしゃりと窓を閉めてしまった。

何ごとかと思いながら家に入ると、待ちかまえていたメグ、ジョー、エイミーがベスを客間に連れて行った。そして三人は、部屋のおくを指さして口々に言った。

「ベス、見て！　あれを見て！」

そこには小さなたて型のピアノが置いてあった。ふたの上には、『エリザ

ベス・マーチさま』と書かれたふうとうが置いてある。

「……わたしに？」

ベスは目の前の光景が信じられず、息が苦しくなってジョーのうでにつかまった。

「そう！　あんたのピアノだよ、ベス！　ローレンスさんは世界一優しいおじいさんだと思わない？」

ベスは言葉をなくしてピアノを見つめた。

「ピアノのかぎは手紙のなかにあるって。もちろんだれも開けてないよ。でもあたしたち、なんて書いてあるか知りたくてたま

らない！」

ジョーはベスに手紙を渡そうとしたが、ベスは首をふって、ふるえる声で言った。

「わたし、読めないわ……こんな気持ち、生まれて初めてで……幸せすぎて、どうしたらいいかわからないの……。」

そこでジョーは、ベスに代わってふうを開け、手紙を読み上げた。

『拝啓

わたしはこれまで数多くのスリッパをはいてきましたが、あなたがくださったものほど足に合うものは、一足もありませんでした。三色スミレは、わたしが一番好きな花です。このししゅうを見るたびに、あなたの優しさを思い出すことでしょう。

ささやかなお礼に、わたしの孫娘の形見をおくらせていただきます。

ジェームズ・ローレンス』

ジョーはベスをしっかりとだきしめて言った。

「ローリーに聞いたんだけどね、ローレンスさんは亡くなったお孫さんをとてもかわいがっていたから、その子のものは何でも大事にしまってあるんだって。このピアノは、その女の子のものだったんだよ。そんなに大切なものをくださるだなんて、あんたのその大きな青い目と、優しい心と、音楽好きのおかげだね！」

メグはピアノのふたを開けると、ベスに笑顔を向けた。

「ベス、ひいてごらんなさいよ。」

ベスはピアノの前に座り、深呼吸してからひき始めた。そのすばらしい音色にみんなはおどろいた。ベスはこのうえなく幸せそうな顔で、優しくけんばんにふれ、ぴかぴかのペダルをふんだ。

ベスが何曲かひき終わると、ジョーがいたずらっぽく笑って言った。

「ねえベス、おとなりに行ってお礼を言わなくちゃね。」

このはずかしがり屋にそんなことはできるはずがないと思いながら、ジョーはベスをからかったのだ。ところがベスはこう答えた。

「もちろん、そのつもりよ。今すぐ行って来ようかしら。あれこれ考えているうちにこわくなるといけないから。」

姉たちがおどろいているのも気にせず、ベスは一人で庭を横切り、ローレンス家へ向かっていった。それを見て、ハンナが大声でさけんだ。

「何とも不思議なことがあるものですね！　ベスさまは、ピアノのおかげでどうかしてしまったのかしら！」

だが、そのあとにベスがローレンス家でしたことを見たら、マーチ家の人々のおどろきはさらに大きなものになったことだろう。

ベスはまっすぐにローレンス氏の書斎に向かい、ドアをノックした。

「お入りなさい。」

なかから大きな声が聞こえてきた。ベスは部屋に入り、ローレンス氏の前に歩み出た。

「わたし、お礼を言いに来ましたの。だって、あの……。」

そこまで言ったきり、ベスは言葉が出なくなってしまった。自分をじっと見つめているローレンス氏の顔を見上げたとたん、言うつもりだったことをすっかり忘れてしまったのだ。

そのときベスの頭にうかんだのは、ローレンスさんは大切なお孫さんを亡くした、ということだけだった。そしてとっさにローレンス氏にかけよると、首に両手を回してほおにキスをした。

ローレンス氏は仰天した。家の屋根が突然飛んでいったとしても、これほどはおどろかなかっただろう。そして、彼は心底うれしかった。ベスのキスに感動して、気むずかし屋の顔が思わずほころんだ。そして、自分の大切な孫娘が目の前にもどってきてくれたような気分になって、ベスをひざの上に乗せ、しわだらけのほおをベスのやわらかいほおにくっつけた。

ベスはちっともこわくなかった。ローレンス氏の温かいひざに座っていると、自分たちはずっと昔から仲よしだったような気がしてきた。そして二人は、長い間おしゃべりをした。

ベスが帰ると言うと、ローレンス氏はマーチ家の門のところまで送ってくれた。

ジョーたちが窓からのぞいていると、ローレンス氏はベスに握手をし、ぼうしをぬいで、ていねいにおじぎをしてから帰っていった。

このようすを見て、エイミーはおどろきのあまり窓から転げ落ちそうになり、ジョーははしゃいでおどりだした。いつもおしとやかなメグも、大声でさけんだ。

「大変だわ！　このまま世界がひっくり返っちゃうんじゃないかしら！」

第4章 あやまち

塩づけライム

ある朝、エイミーが登校すると、クラスの女の子たちが周りに集まってきた。

「エイミー、それって……。」

「塩づけライムですわ。」

持っていた袋の中身を見せると、みんなは「おいしそう」と声を上げた。学校では塩づけライムが流行っていて、授業中にこっそり食べたり、休み時間にえんぴつや紙人形と交換したりすることに、みんな夢中になっていた。

クラスメイトのジェニー・スノウも、にこにことエイミーに話しかけてきた。

「昨日の宿題、むずかしかったでしょう？　それをひとつくれたら、答えを教えてあげるわ。」

「いいえ、けっこうよ。」

エイミーはきっぱりと断った。先週のことだ。ジェニーはライムをたくさん買ってきて、今日のエイミーのようにみんなに囲まれていた。エイミーも輪に入ろうとすると、ジェニーがいやみたっぷりに言ったのだ。

「だれかさんの鼻はあんなに低いのに、ライムのにおいはかぎつけられるのね。」

エイミーは、そのことでひどく傷ついていたので、ジェニーにこう言った。

「急に親切にしてくださらなくていいのよ。どうせ、あなたにライムをあげるつもりはありませんから。」

一時間目は算数の授業で、みんなが問題を解き、担任のデイヴィス先生がそれを見回っていた。するとジェニーが手を挙げて先生を呼び、何かをささやいた。そのとたんに先生の顔色が変わった。

「エイミー・マーチ！　わたしは以前から、教室にライムを持ち込むことを禁止しています。机のなかにかくしているライムを今すぐに、そこから捨てなさい！」

先生は窓を指さして言った。ジェニーは、エイミーがライムを持っていることを告げ口したのだ。エイミーは、真っ青な顔で窓に近づき、ライムを全部捨てた。それでも先生のいかりはおさまらなかった。

「みなさんも、よく覚えているはずです。わたしは先週、もしも規則を破る者がいればムチで打つと言いましたね？　マーチさんこちらへ。」

エイミーはおびえて首をふったが、先生は許さなかった。

仕方なく先生の前に行くと、手を出すように言われた。ふるえながら差し出したエイミーの手を先生は何度もムチで打った。

休み時間になると、エイミーはすぐに荷物をまとめて教室を出た。そして泣きながら家に帰り、母に学校での出来事を話した。

「お母さま……わたくし、もう二度と学校へは行きたくありませんわ。」

「そうね……わたしも体罰には賛成できません。もう学校へ行かなくていいわ。その代わり、毎日ベスと一緒に家で勉強をするのよ。」

「ああ、よかった！　あんな学校、つぶれてしまえばいいんだわ！」

「エイミー、規則を破ったことは、いけないことなんですよ。近ごろ、あなたはうぬぼれ屋さんになりかけているようね。直すのなら今のうちですよ。」

しゅんとしたエイミーに、母はこう続けた。

「うぬぼれは、どんな才能も台無しにしてしまいます。けんそんほど人をひきつけるものはないんですよ。」

「はい、お母さま……。」

―数日後―

まあ、お姉さま！

ローリーとおしばいを見にいらっしゃるのね？昨日こっそり約束していたのを、知っていますのよ！

ええ、そうよ。お願いだから、さわがないでちょうだい。

もー
わたくしも連れていってちょうだい！

だめよ。

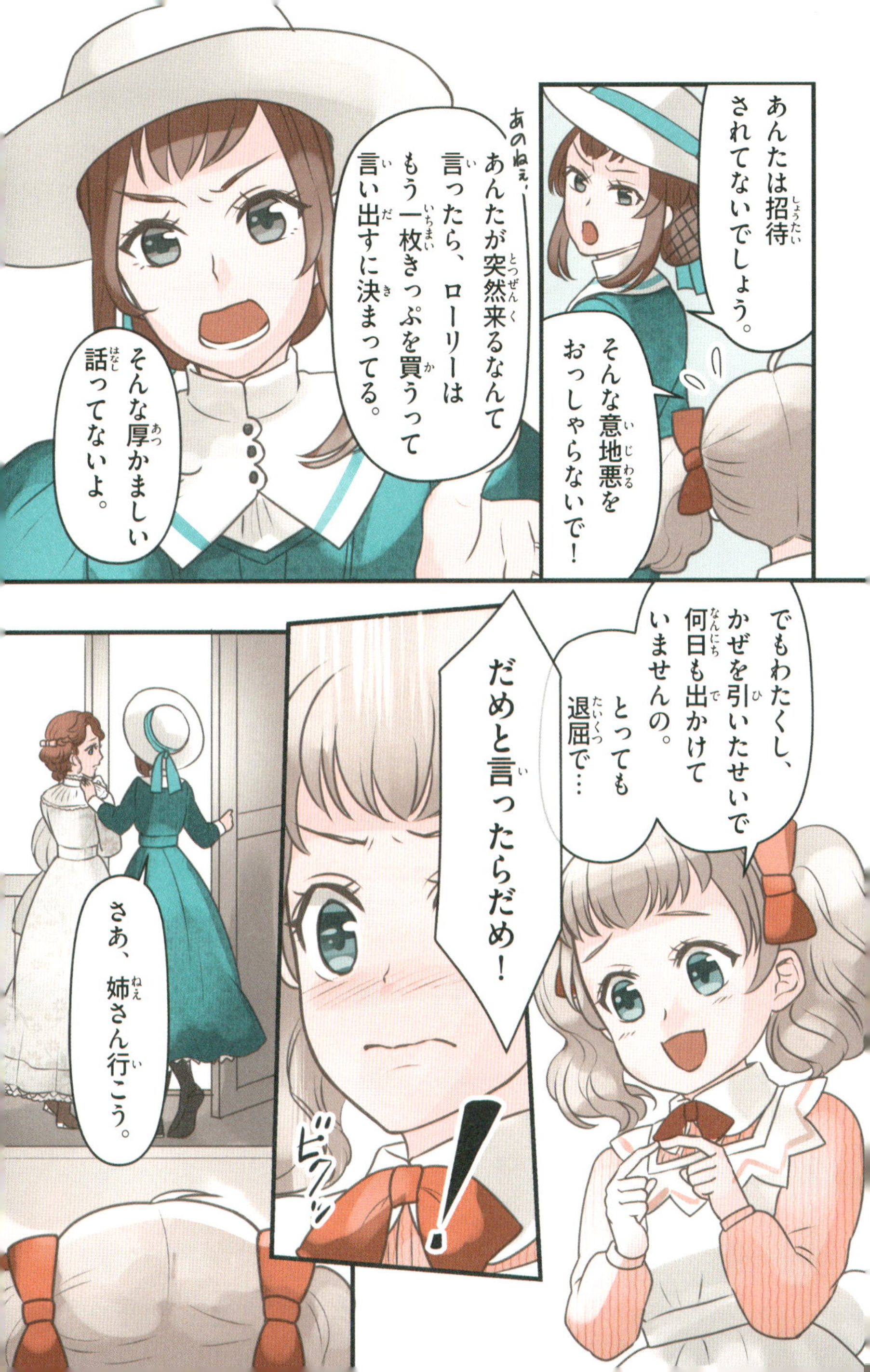
あんたは招待されてないでしょう。

そんな意地悪をおっしゃらないで！

あのねぇ、
あんたが突然来るなんて言ったら、ローリーはもう一枚きっぷを買うって言い出すに決まってる。

そんな厚かましい話ってないよ。

でもわたくし、かぜを引いたせいで何日も出かけていませんの。

とっても退屈で…

だめと言ったらだめ！

ビクッ
さあ、姉さん行こう。

ジョー・マーチ！
あなた、あとで後悔なさるわよ！見てらっしゃい！
くだらない！
バン!!

パチ
パチ
お母さま、ただ今帰りました。

おかえりなさい。おしばいはどうでしたか？
とってもすばらしかったわ！あのね…

プイッ

……。

—次の日—
だれか、あたしの原稿を知らない!?
お父さまが帰ってくるまでに書き上げようと思っていたのにどこにもないの。
原稿? さあ……
ベスは知ってる?
……。
エイミー、あんたが持ってるんだね?
いいえ。持っていませんわ。
うそつき! どこにあるのか言いなさい!
あの つまらない原稿なら、いくらさがしても出てきませんことよ。
だって…
パチ
パチ
わたくしが燃やしてしまいましたもの。

なんですって!?
あたしがあんなに一生懸命書いた原稿を燃やしたっていうの!?
ジョーがいけないんですわ。わたくしに意地悪なこと……。
!
ちょっとジョー、落ち着いて――!
ガッ
パアン!

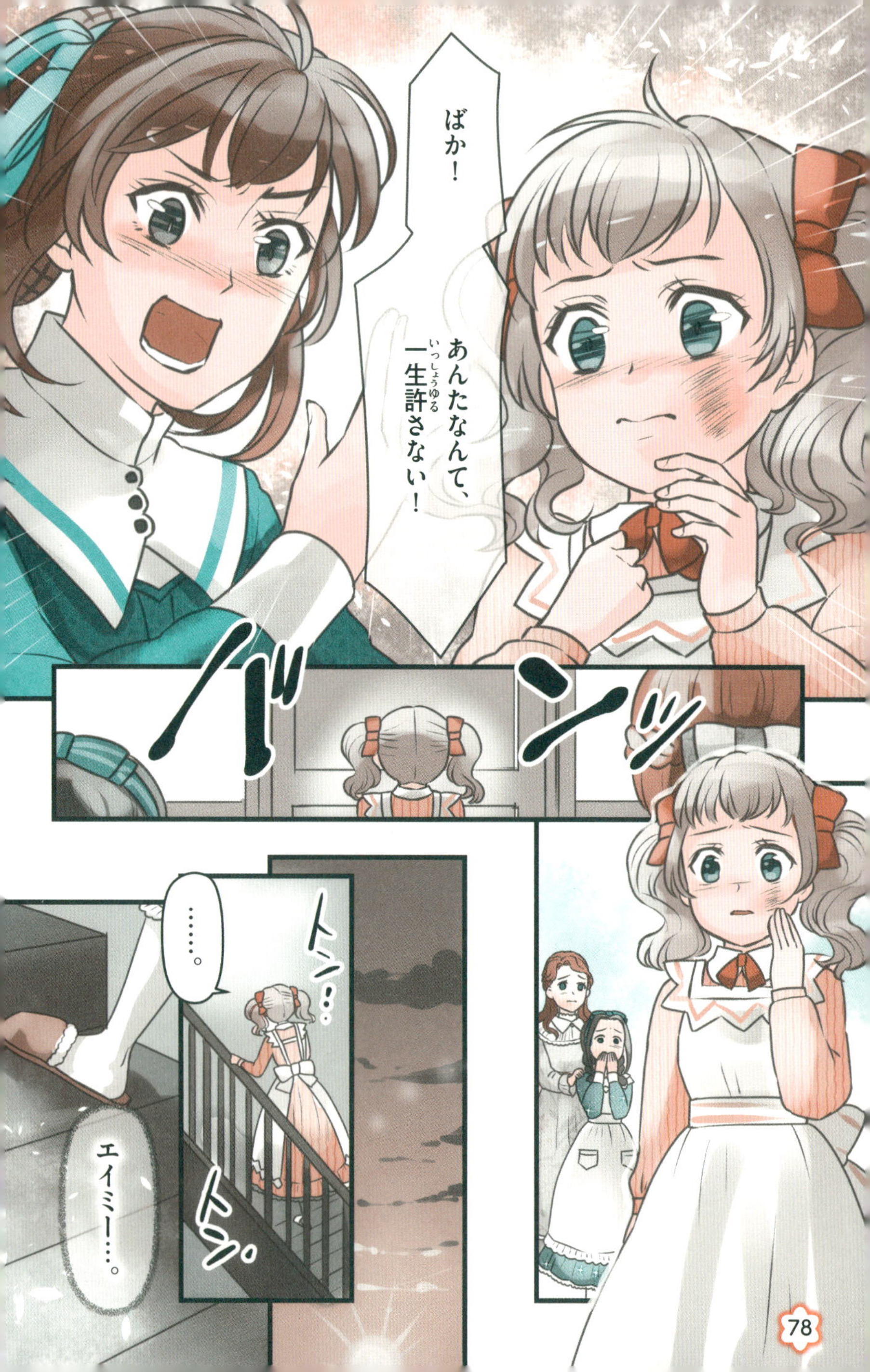
ばか！
あんたなんて、一生許さない！
バンッ
……。
トン…
トン
エイミー…。

ジョーにとって、どんなに大切なものだったのか、わかっていますか？
何年もかけてあの原稿を書いていたんですよ。
まずは、きちんとジョーに謝りなさい。
はい…。

ガチャ…

！

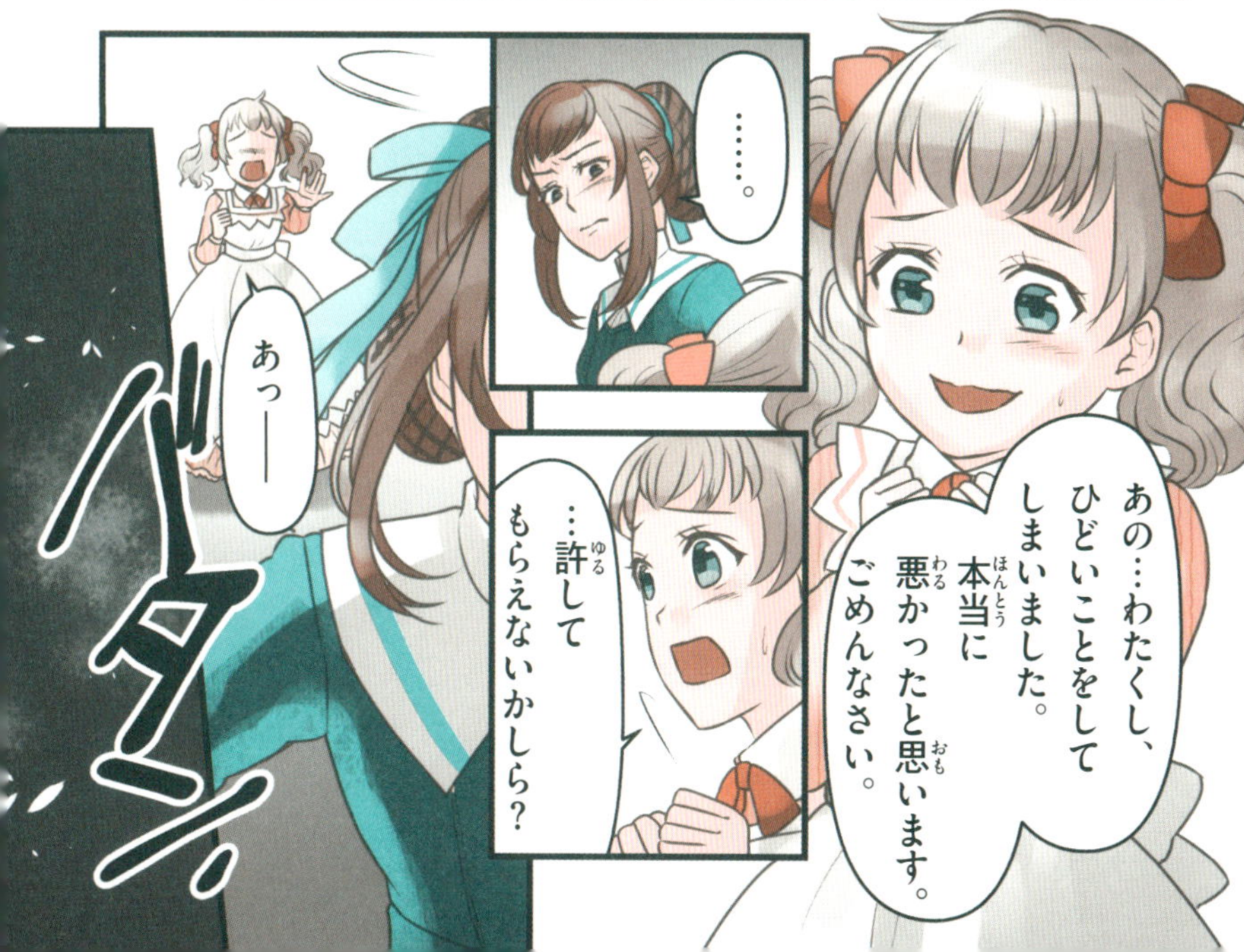
あの…わたくし、ひどいことをしてしまいました。本当に悪かったと思います。ごめんなさい。

……。

…許してもらえないかしら？

あっ――

バタン

シン…

キイ。
……ジョー？

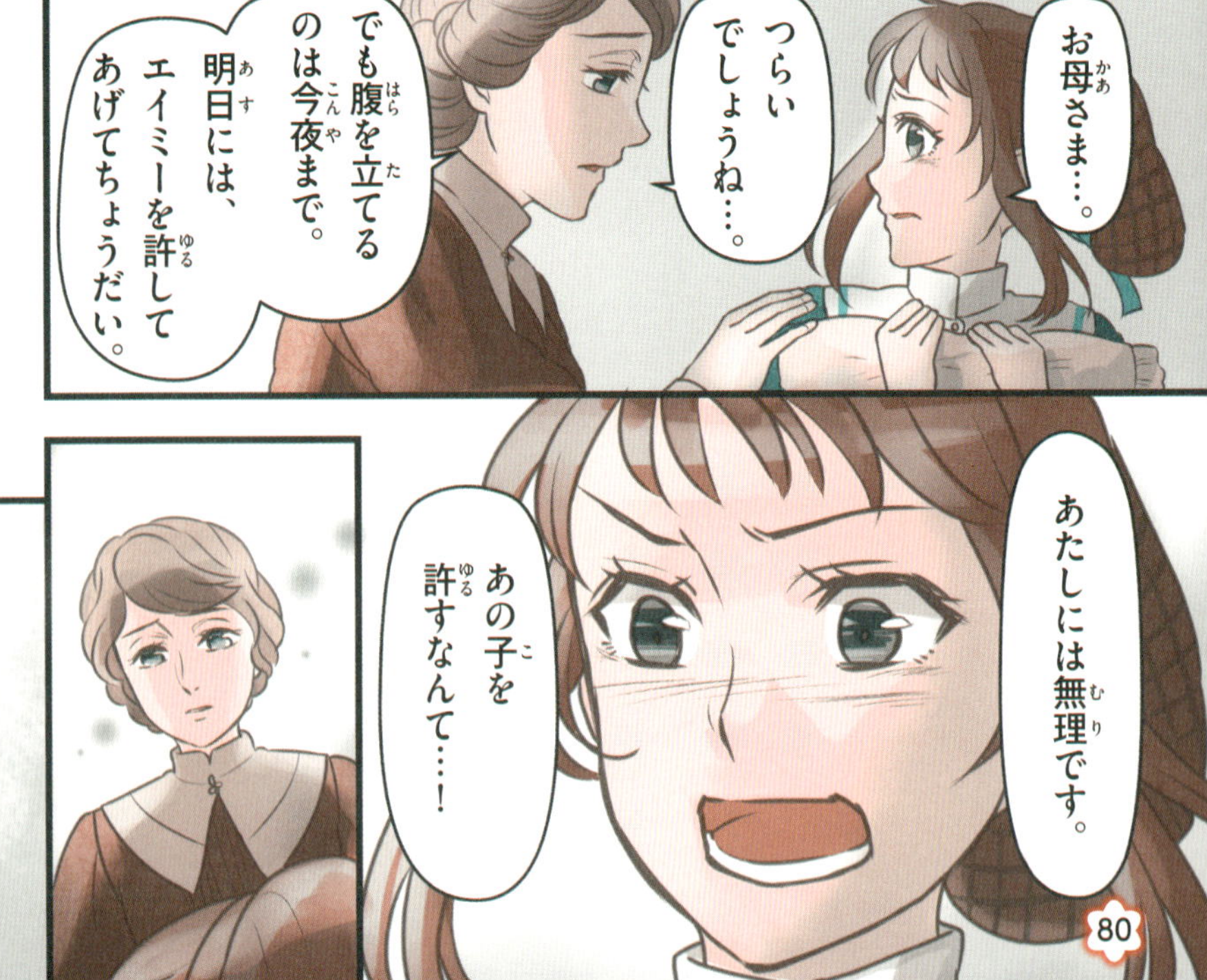
お母さま…。
つらいでしょうね…。
でも腹を立てるのは今夜まで。明日には、エイミーを許してあげてちょうだい。
あたしには無理です。
あの子を許すなんて…！

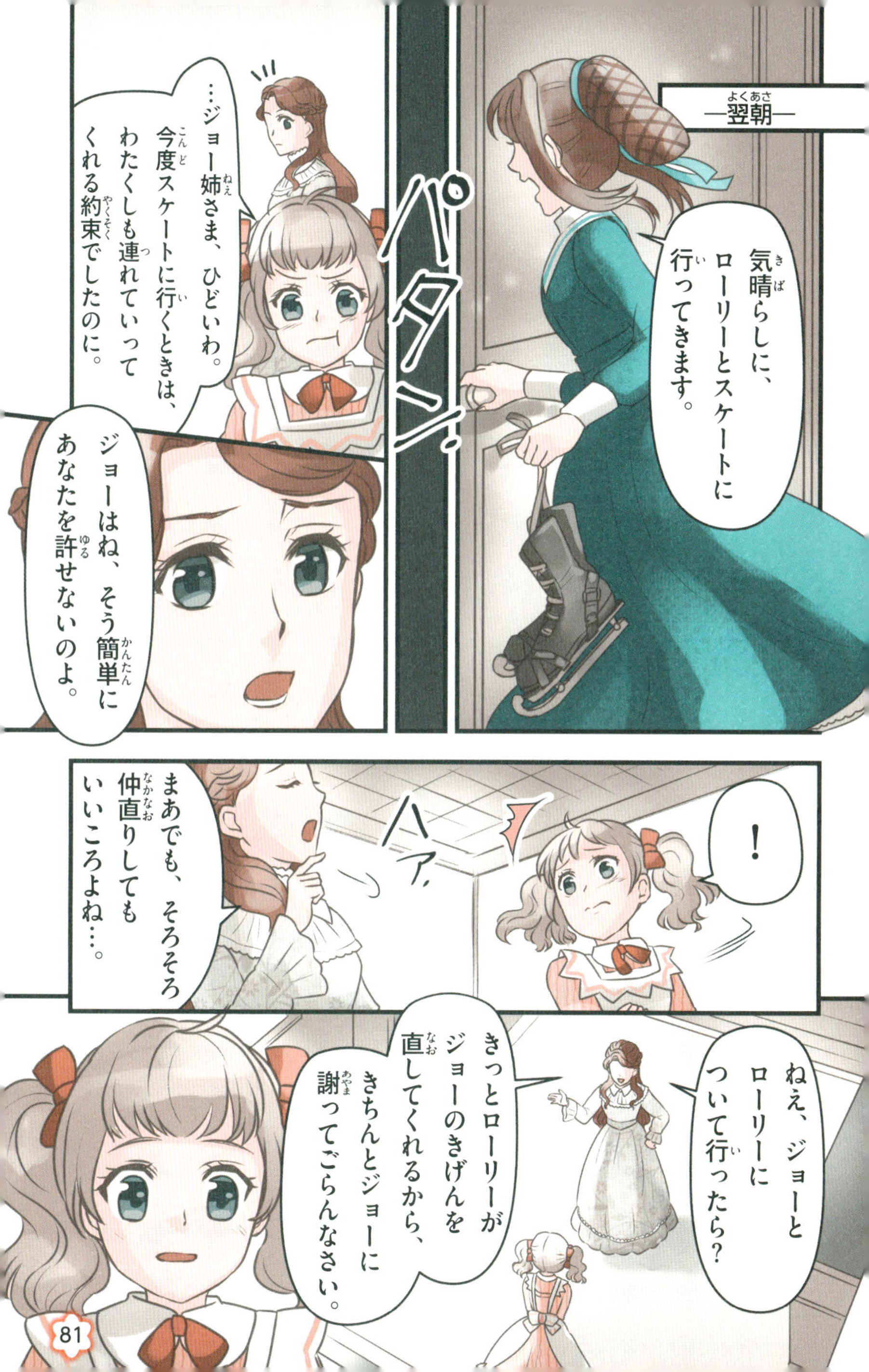

―翌朝―

気晴らしに、ローリーとスケートに行ってきます。

パタン！

…ジョー姉さま、ひどいわ。今度スケートに行くときは、わたくしも連れていってくれる約束でしたのに。

ジョーはね、そう簡単にあなたを許せないのよ。

！

ハァ
まあでも、そろそろ仲直りしてもいいころよね…。

ねえ、ジョーとローリーについて行ったら？

きっとローリーがジョーのきげんを直してくれるから、きちんとジョーに謝ってごらんなさい。

そうですわね…。
やってみます！
そろそろ氷が
解け始めるころ
だから、真ん中は
危ないよ。
岸の方をすべって
ぼくについて来て。
ええ！
ザサッ
あれ？　だれか
あそこに――。
ひょこっ
！
！
プイッ

さすがジョー、とってもうまいよ！
でしょう？意外に簡単——
ガシャーン
アーーーッ!!
!!
エイミーっ!!

柵の横木を持ってきて、
早く――！
ダッ
バン
お母さまっ!!
まあ、エイミー！

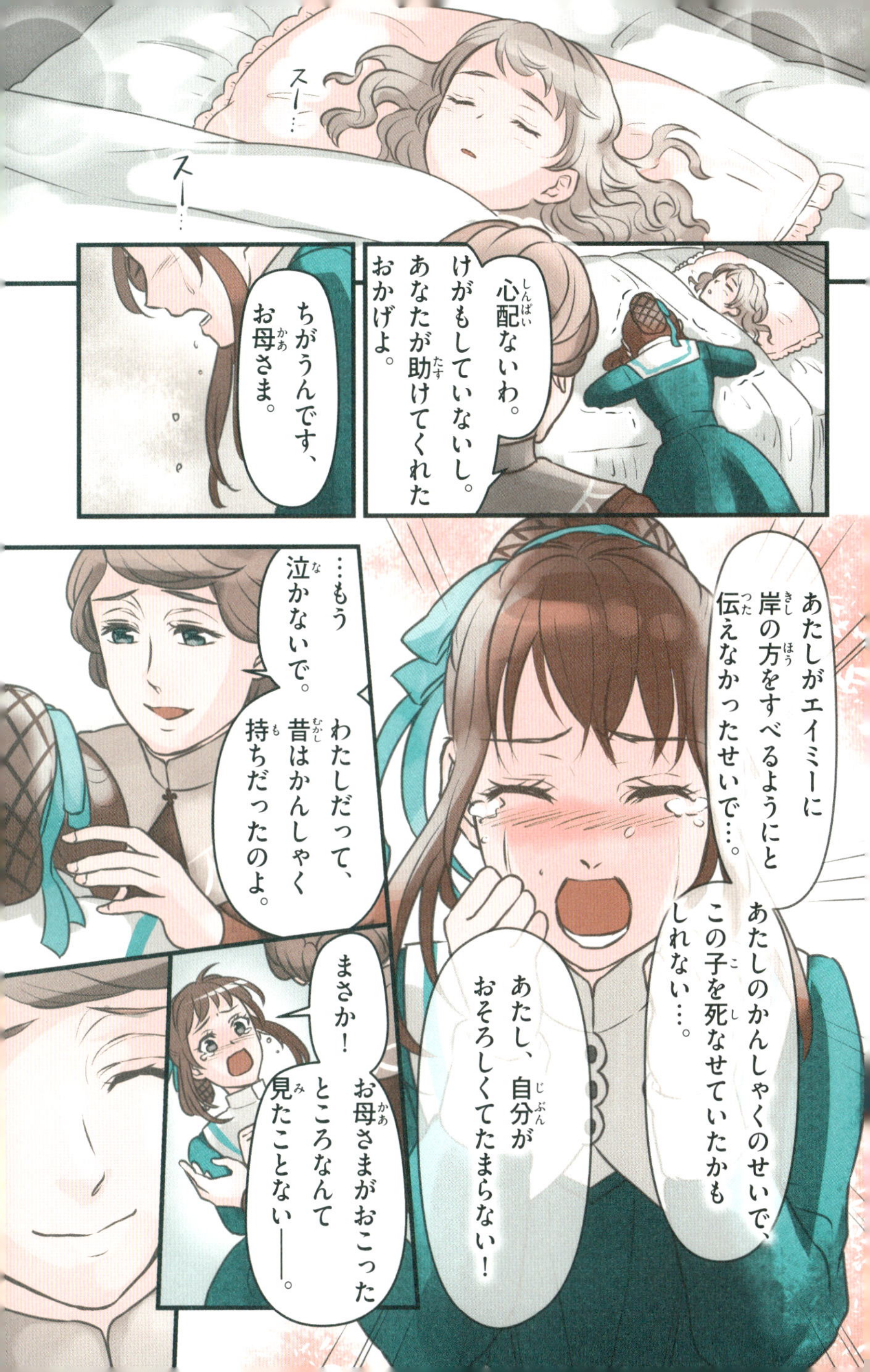
スー…
スー…
心配ないわ。けがもしていないし。あなたが助けてくれたおかげよ。
ちがうんです、お母さま。
あたしがエイミーに岸の方をすべるようにと伝えなかったせいで…。
あたしのかんしゃくのせいで、この子を死なせていたかもしれない…。
あたし、自分がおそろしくてたまらない！
…もう泣かないで。
わたしだって、昔はかんしゃく持ちだったのよ。
まさか！
お母さまがおこったところなんて見たことない――。

それを直すのに、ずいぶんと時間がかかりました。

何度も元にもどってしまいそうになったけれど、
お父さまのそばにいるおかげで、心のなかの敵に負けずにすんだのよ。

お父さまはだれよりもがまん強く、人を疑ったりぐちを言ったりなさらないから。わたしも見習おうと思えるんです。

……あたしにも、できますか？お母さまのようになれますか？

ええ、きっとできますよ。

もしひどい言葉があなたの口から出そうになったら、飲み込んでその場をはなれるの。そして、弱い自分をしかるのよ。

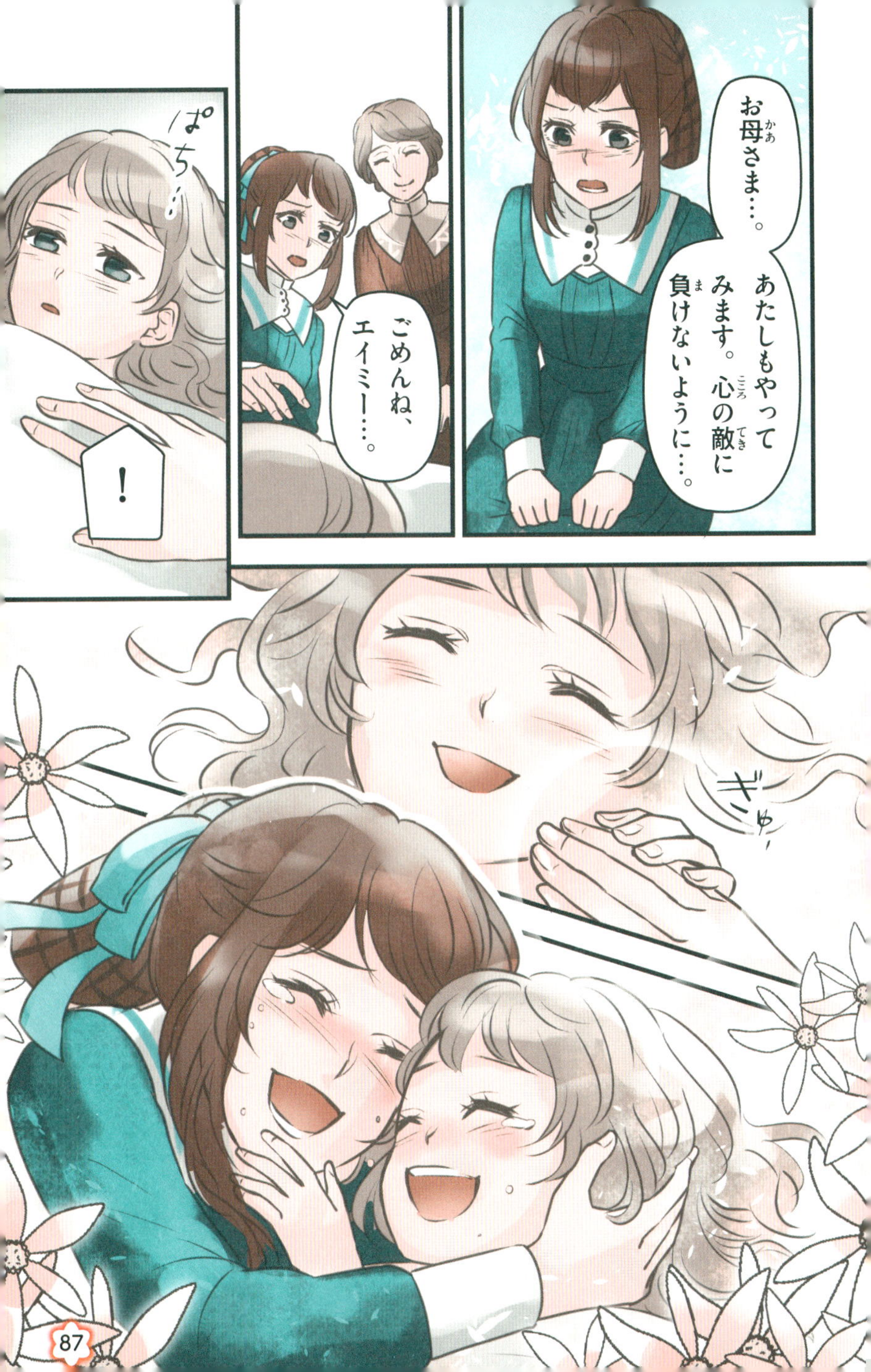

お母さま…。
あたしもやってみます。心の敵に負けないように…。
ごめんね、エイミー…。
ぱち!
!
ぎゅ

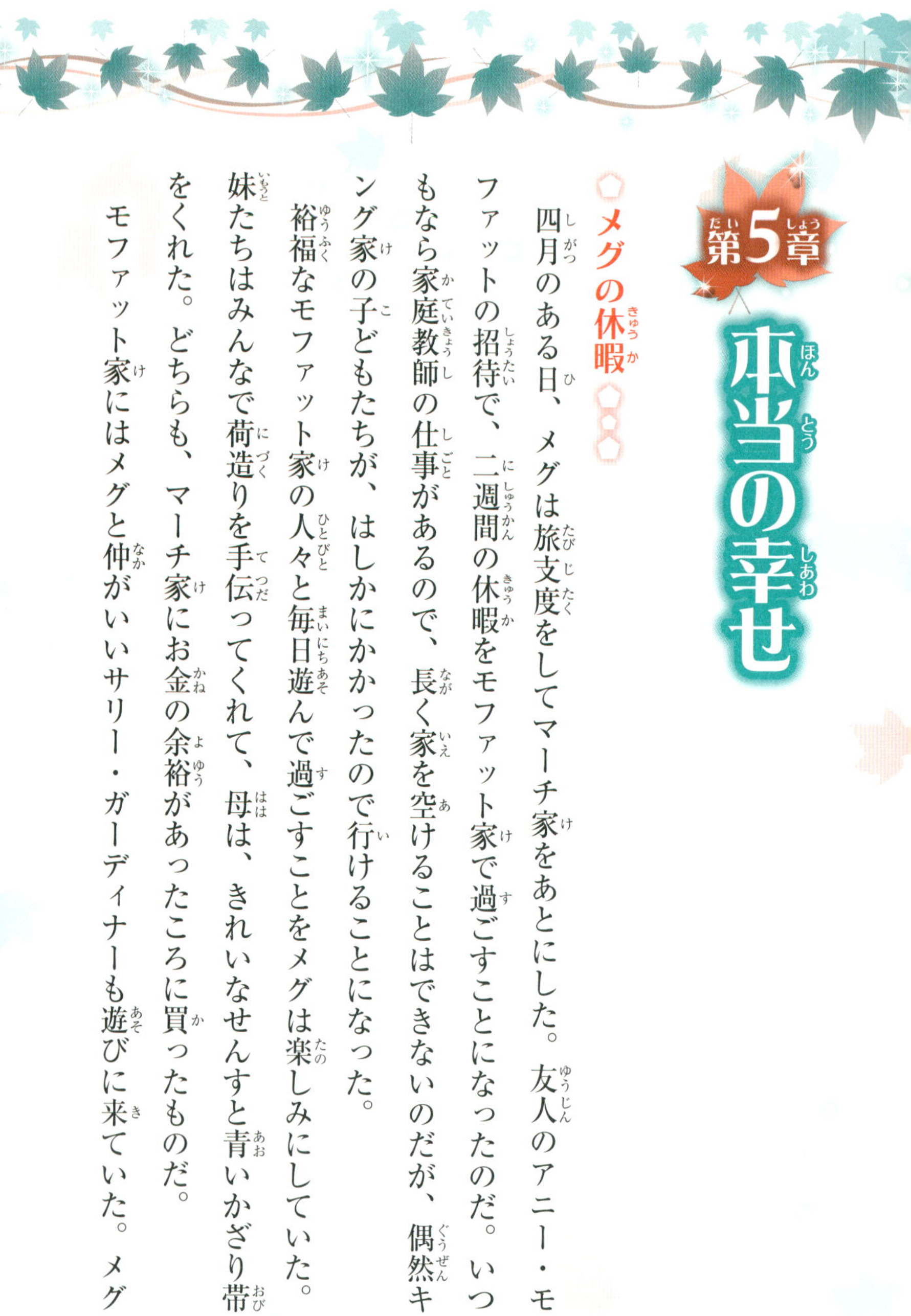

第5章 本当の幸せ

メグの休暇

四月のある日、メグは旅支度をしてマーチ家をあとにした。友人のアニー・モファットの招待で、二週間の休暇をモファット家で過ごすことになったのだ。いつもなら家庭教師の仕事があるので、長く家を空けることはできないのだが、偶然キング家の子どもたちが、はしかにかかったので行けることになった。

裕福なモファット家の人々と毎日遊んで過ごすことをメグは楽しみにしていた。妹たちはみんなで荷造りを手伝ってくれて、母は、きれいなせんすと青いかざり帯をくれた。どちらも、マーチ家にお金の余裕があったころに買ったものだ。

モファット家にはメグと仲がいいサリー・ガーディナーも遊びに来ていた。メグは、サリーやアニーと一緒に馬車で出かけたり、ぜいたくな食事をさせてもらったりして日々を過ごした。

四姉妹の長女であるメグは、家にお金があったころのことを妹たちよりもよく覚えている。そして、その分だけ今の貧しさをつらく感じている。そんなメグには、上流家庭の人々との時間が楽しくてたまらなかった。アニーの両親と、姉のベルも、メグにひなぎくという意味の「デイジー」というニックネームをつけてかわいがってくれた。

メグがモファット家に滞在して一週間が過ぎ、小さなパーティーの日がやって来た。その晩、アニーもサリーもすてきなドレスでおしゃれをしていたので、メグの目には、その日着るつもりだった自分の服が急にみすぼらしく見えた。そこでメグは、持ってきたなかで一番いい服を着ることにした。それは、白いモスリン*のドレ

*モスリン……綿や羊毛を使った薄地の織物。高級品のシルクに対して、手に入りやすい。

スで、母にもらったかざり帯もつけた。

めいっぱいおめかしをしたつもりだったが、広間に行くと、知らない女の子たちがメグの服を見て、あきれたように顔を見合わせた。

悲しくなって、広間のすみに一人で立っていると、メイドがメグに近づいてきた。

「お届けものでございます。」

メイドが持ってきたのは母からの手紙と、箱に入ったたくさんの花だった。きれいなバラやヒースの花を見て、女の子たちがメグを取り囲んだ。

「まあすてき！　どなたから？」

サリーがたずねると、メグよりも先にアニーが答えた。

「もちろん恋人からよね？　メグにそういう人がいるなんて知らなかったわ。」

「いいえ。手紙は母からで、お花は、友人のローリーからですわ。」

メグは、その花で小さなブーケをいくつもつくって、女の子たちに配った。みんなはよろこんでブーケを胸元やスカートにかざった。最後にメグは鏡の前に行き、自分の髪とドレスも花でかざった。花のおかげで鏡のなかの自分に自信が持てて、しずんだ気持ちも消えていった。

それからメグは思う存分おどって楽しい時間を過ごした。アニーにすすめられてみんなの前で歌を歌うと、すばらしい声だとほめられた。リンカーン少佐というすてきな青年は、メグを見て、

「あの目のきれいなおじょうさんはだれだろうか?」

と友人にたずねていた。

夜もふけたころ、メグは温室のなかで座っていた。ダンスの相手の男性が、アイスクリームを持ってきてくれるというので、そこで待っていたのだ。

するとと、花の向こうから話し声が聞こえてきた。

「あの子のうちは、ローレンス家とずいぶん親しくしているんですって。あのお年寄りが、四人の娘たちをずいぶんかわいがっているそうよ。」

それはアニー・モファットの姉のベルの声だった。

「あの子、お花を見て真っ赤になっていたわね。マーチのおくさんがうまくたくらんでいるのよ。ローレンスのぼっちゃんは、今、十六か七でしょう？　ローレンス家に入らせることができたら、大満足でしょうね。」

そう答えたのはモファット夫人だ。

「来週のパーティーで、あの子にドレスを貸してあげると言ったら気を悪くするかしら？　いいドレスを着せたら、さぞきれいだろうと思うんだけど。」

「気位の高い子みたいだから……。でも、あのみすぼらしい白のモスリンしか持っていないんだし、きちんとしたものを貸してあげると言えばいいわ。」

「そうね。ローレンスも招待したら、きっとおもしろいことになるわよ。」

二人の声は遠ざかっていった。メグは、花のかげで涙をこらえていた。親切だと思っていたモファット家の人々に、ひどいことを言われていたのだ。ドレスのことだけでなく、メグをローレンス家にとつがせようと母がたくらんでいるなどと言われ、メグはひどく傷つき、すぐにでも家に帰りたい気分になっていた。

その晩、メグはほとんどねむれなかった。

翌朝、寝室から下りていくと、サリーとモファット家の人々が集まっており、ベルは手紙を書いていた。

「おはよう、デイジー。ねえ、わたしたち、木曜のパーティーにあなたのお友だちのローレンスさんをお招きすることにしたわ。」

笑顔でそんなことを言われて腹が立ち、メグは、ベルをからかって夕べの仕返しをしようと思った。

「それはご親切に。でも、あの方はいらっしゃらないと思いますわ。ずいぶんお年をめしていらっしゃるもの。」

「まさか。一体おいくつなのよ。」

「もう七十近いと思いますわ。」

「デイジーったら！　わたしが言っているのはお孫さんに決まっているでしょう。」

「ローリーなら、まだほんの子どもですわ。妹のジョーと年が近いんです。」

そこにモファット夫人が口をはさんできた。

「今日はわたし、娘たちを連れて買いものに行きますけれど、デイジーとサリーも一緒にいかが？　木曜のパーティーの支度に足りないものはない？」

「いえ、わたしは特に……。」

欲しいものはたくさんあったがお金がないので、メグはそう答えるしかなかった。

「デイジー、木曜は何をおめしになるの？」

「また白のモスリンを……。夕べ、ひどいかぎざきをつくってしまったので、つくろわなくてはいけないんですけど。」

それを聞いてサリーは不思議そうにメグにたずねた。

「どうしておうちから、他のドレスを送ってもらわないの？」

「……他のなんてないのよ。」

はずかしさをこらえて答えると、ベルが優しい声で言った。

「デイジーはまだ社交界に出ていないんだもの。ドレスをたくさん持つ必要なんてないわ。ねえ、わたし、あなたにとっても似合いそうな青いシルクのドレスを持っているの。あなたが着ているところを見てみたいわ！　木曜はぜひ、あれを着てちょうだい！」

「ありがとうございます。でも、わたしは自分のもので十分です。」

「そんなこと言わないで、わたしにあなたをおめかしさせてよ。わたしね、そういうことをするのが大好きなの。任せてくれれば、あなたを今度のパーティーの主役にしてみせるわ！　みんなをびっくりさせてやりましょうよ！」

メグは熱心に言われるうちに、パーティーの主役になってみたいという気持ちがおさえられなくなり、ベルの言う通りにすると約束してしまった。

お人形

木曜の夜、ベルは、メイドたちにも手伝わせてメグを着かざらせた。髪を巻き毛にして口紅をぬり、青いドレスを着たメグは、鏡の前でほおを赤らめた。ドレスの胸元が大きく開いていたからだ。こんな服は今まで一度も着たことがなかった。

ベルは、仕上げに金のネックレスとブレスレット、イヤリングをメグにつけさせ、満足そうに言った。

「さあ、みんなに見せに行きましょう。」

長いすそを引き、緊張しながら広間に

入っていくと、先週メグの服を見てあきれていた女の子たちが飛んできた。

「なんてきれいなの！　そのドレス、とってもよくお似合いね。」

そのあとは、五、六人の青年が立て続けにメグにあいさつに来た。メグはドレスがきゅうくつで横腹が痛くなったり、すそをふんで転びそうになったりしていたが、みんなに注目されて、きれいだと言われ続けるうちに、どんどん気分がよくなっていった。

次々にダンスにさそわれて何曲かおどったあと、メグはモファット家の長男のネッドに話しかけられた。ネッドがじょうだんを言うので笑っていると、ある人物がとがめるような目で自分を見ているのに気づいた。ローリーだ。その顔を見たとたん、メグは、派手に着かざっていることがはずかしくなり、やはり自分のドレスを着ればよかったと後悔した。

だがメグは、平気なふりをしてローリーに近づいていった。

「ローリー、よく来てくださったわね。」

「ジョーにたのまれたんです。あなたのようすを知りたいからって。」

「まあ、そう……。ジョーにはどう伝えるおつもり？」

「別人みたいだったって言いますよ。今日のあなたは、まるであなたじゃないみたいだ。」

「みんながおもしろがって着せてくれたのよ。ジョーが見たら目を丸くするわね。」

「そうでしょうね。」

ローリーは、にこりともせずに言った。

「……あなたは、こういう格好がきらいなのね。」

「ええ、きらいです。ぼくは、やたらにかざり立てたり、ばかみたいにはしゃいだりするのはきらいなんです。」

あまりにはっきりと言われたので、メグは腹を立ててしまった。

「あなたみたいな失礼な人、見たことないわ。」

そう言ってメグはローリーからはなれた。一人で窓のそばに行き、冷たい風にあたっていると、先週メグをほめてくれていたリンカーン少佐がだれかと話している声が聞こえてきた。

「ベルは、あのおじょうさんをおもちゃにして遊んでるんですよ。今夜の彼女はただのお人形です。」

大好きなワルツが始まったが、メグはおどる気分にはなれなかった。そのままカーテンのかげにかくれていると、だれかにそっとかたをたたかれた。ふりむくと、ローリーがていねいにおじぎをして言った。

「さっきは失礼なことを言ってごめんなさい。ぼくと、おどってもらえませんか？」

それから二人は、ワルツをおどりながら小声で話をした。

「わたしのスカートをふまないように気をつけて。ばかみたいだわ。わざわざこんなやっかいなものを着て。」

「すそを、首のまわりにピンで止めてしまったらいいんじゃないかな?」

ローリーのじょうだんに、メグの心が少し和らいだ。

「あのね、お願いがあるんだけど……家へ帰っても、今日のわたしのこと、みんなには言わないで欲しいの。お母さまを心配させたくないのよ。あとでちゃんと、自分から話すわ。わたし、今日だけ、ふだんできないおもしろいことをしてみたかっただけなのよ。」

「わかりました。約束しますよ。」

ローリーは、もう何も言わずにメグを見守ろうと思っていた。しかし、夜もふけたころ、ネッドにすすめられてシャンパンを飲んでいるのを見て、だまっていられ

なくなった。

「おやめなさい。あなたのお母さまだって、そういうことはおきらいなはずですよ。」

「わたし、今夜はメグじゃないの。ばかなまねばかりするお人形なのよ。明日になれば、すっかりいい娘にもどるわ。」

「だったら、早く明日が来ればいい。」

ローリーはそうつぶやいて去っていった。見送るメグは、飲みすぎたシャンパンのせいでひどい頭痛がし始めていた。

二週間の休暇を終えて、メグはマーチ家に帰ってきた。旅の荷物を片付け終えて、居間に下りていくと、母とジョーがいた。いすに座り部屋のなかを見渡すと、メグはホッとしてため息をついた。

「自分の家っていいわね。よそいきの顔をしないで、静かに暮らすのが一番だわ。」

「それを聞いて安心しました。あんなに立派なお宅から帰ってきたら、この家がつまらなく、みすぼらしく思えるんじゃないかと心配していたのよ。」

「あの、お母さま……お話ししたいことがありますの。」

メグはパーティーの晩に自分がしたことや、モファット家の人たちに勝手なうわさをされていたことを話した。するとジョーがおこり出した。

「お母さまが『うまくたくらんでる』だって？　メグ、どうしてその場で、そんなばかげたことあるわけないってどなってやらなかったの？」

「とっさのことで、どうしたらいいかわからなかったのよ。」

「メグ、そんなことはさっさと忘れてしまいなさい。わたしが、よく知りもしない人たちのところへあなたを行かせたのがいけなかったわね。」

「お母さま、わたし、自分がばかだったと反省しています。人からほめられて、ついいい気持ちになってしまって……。」

「ほめられるのがうれしいのは当然です。でも、見た目がきれいだということだけでなく、つつましさや、優しさをほめてもらえるようにならなくてはね……。わたしは、あなたたちの幸せを心から願っているけれど、それは

お金持ちと結婚して欲しいなどということではありません。いつか結婚するにしろ、独身でいるにしろ、あなたたちの心が満たされていることだけを望んでいるんですよ。」

第6章　四姉妹のこころみ

小さな郵便局

五月、ローリーは庭のかきねに郵便箱を取りつけた。それは、もともとつばめの小屋だった箱を屋根が開くように改造して、かぎをつけたものだった。

この箱をマーチ家とローレンス家の間の手紙のやりとりや、本の貸し借りに使う「郵便局」にしようというわけだ。

「郵便局があれば、ずいぶんおたがいの時間が節約できると思うよ。渡したいものがあれば、相手が出かけているときでも、郵便局に預けておけばいいんだからね。

両方の家がそれぞれかぎを持って、一日に一度、自分たちへの届けものがないか確認することにしよう。」

ローリーのアイディアは、四姉妹を大いによろこばせ、小さな郵便局を通して毎日いろんなものがやりとりされるようになった。草花の種、楽譜、おかしに消しゴムに招待状、つけもの、ネクタイ、詩といった具合で、郵便局のおかげでふたつの家はますます親しくなった。

四姉妹とローリーだけでなく、マーチ夫人も郵便局を使うようになった。さらに、みんなの楽しそうなようすにさそわれたのか、ローレンス氏も楽しい手紙や小包を送ってくるようになった。

おどろくような使い方をしたのはローレンス家の庭師である。手紙の宛名はジョーになっていたが、ふうを開けてみると、ハンナに渡して欲しいと書かれていた。読み終えたハンナは、あんぐりと口を開けたまま、マーチ夫人に手紙を見せた。

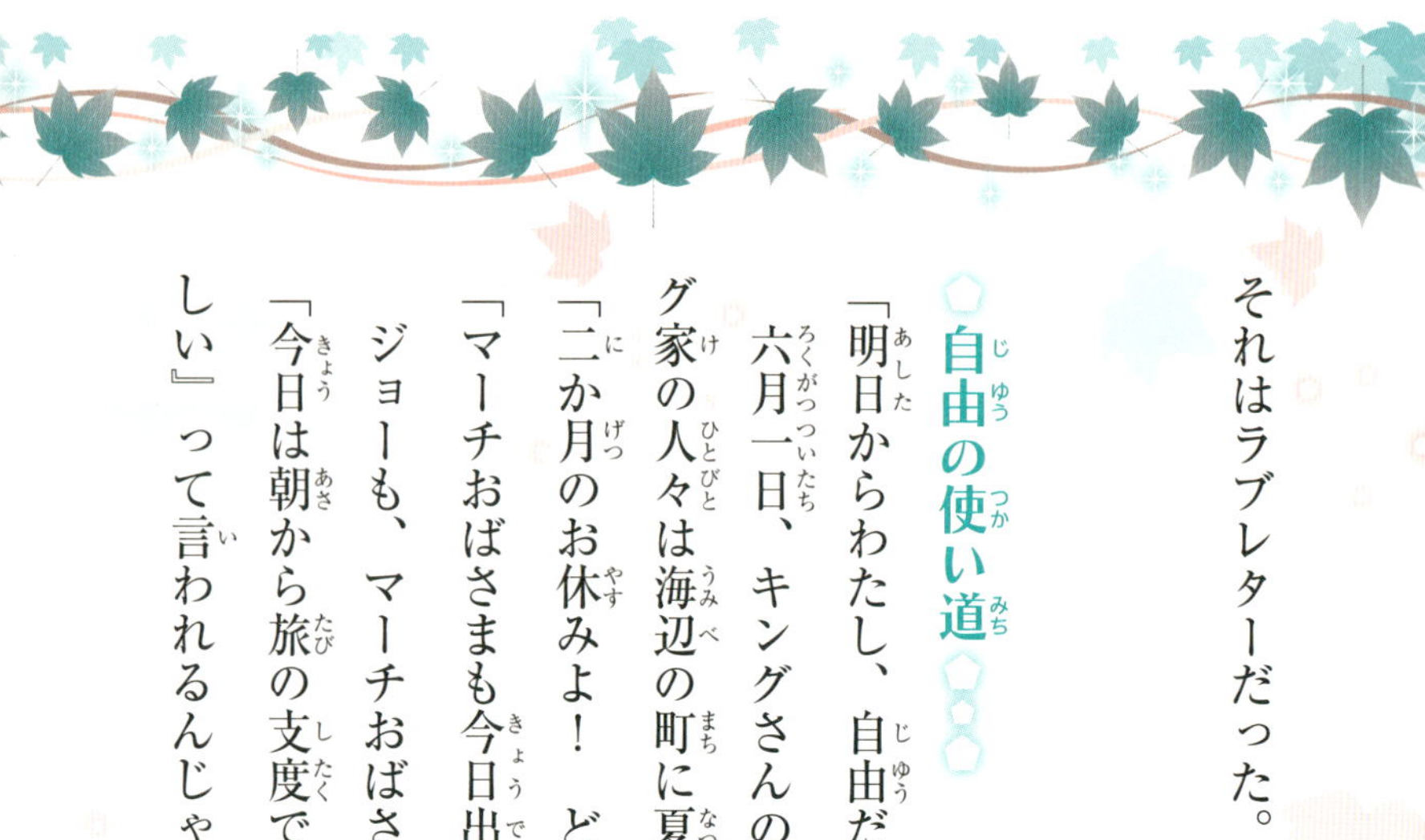

それはラブレターだった。庭師は、ときどき見かけるハンナに恋をしていたのだ。

自由の使い道

「明日からわたし、自由だわ！」

六月一日、キングさんの家から帰ってきたメグはそうさけんだ。翌日から、キング家の人々は海辺の町に夏の休暇を過ごしに行くことになっていた。

「二か月のお休みよ！　どうやって過ごそうかしら？」

「マーチおばさまも今日出かけていったんだ。こんなうれしいことってないね。」

ジョーも、マーチおばさんが旅行に行ったので、明日から長い休みになる。

「今日は朝から旅の支度で大さわぎだったよ。あたし、おばさまに『一緒に来て欲しい』って言われるんじゃないかって一日じゅうびくびくしてたの。早く送り出したいもんだから、はりきって荷造りして、無事に馬車に乗ってくれたと思ったら、おばさまったら窓から顔を出して『ジョセフィーン、お前……』なんて言い出すんだよ？　あわててにげてきちゃった。」

ベスは優しく姉をだきしめて言った。

「かわいそうに。それでクマにでも追いかけられたような顔で帰ってきたのね。」

エイミーは、みんなのためにつくったレモン水を配りながらたずねた。

「みなさん、お休みの間は何をするおつもり？」

「わたしは毎日ねぼうして、何もしないでのんびりするわ。」

メグに続いてジョーが答えた。

「あたしはのらくらするのは好きじゃない。せっかくの休みだもん。読みたかった本を読みまくることにする。ローリーと遊ぶとき以外はね。」

姉たちの予定を聞いて、エイミーはベスに言った。

「ねえ、わたくしたちもしばらくお勉強はやめて、お姉さまたちみたいに遊んだり休んだりしましょうよ。」

「そうね……お母さまさえ、いいとおっしゃったら。わたし、ピアノの新しい曲を覚えたいし、お人形さんたちに夏の洋服もつくってあげなくちゃいけないの。」

メグは、四姉妹の会話をだまって聞いていた母にたずねてみた。

「いいですか？　お母さま。」

「ためしに一週間やってみるといいわ。土曜の晩あたりには、遊んでばかりいるのは、働いてばかりいるのと同じくらいつまらないとわかるでしょうから。」

「そんなことありませんわ。きっと楽しいと思います。」

メグが言うと、妹たちもうなずいた。

ともかく、一週間好きに過ごすことを母が認めてくれたので、ジョーはレモン水のグラスを手に立ちあがり、かんぱいをしようとみんなに呼びかけた。

「明日から、苦しい仕事とはおさらばだ！　かんぱい！」

四姉妹は笑顔でグラスを合わせた。

翌朝、メグは十時ごろまでねぼうをした。一階に下りていくとだれもおらず、部屋は散らかっていて、花びんに花もなかった。そんななか、一人で食べる朝食は味気なかった。午後は買いものに行き、夏用の服をぬおうと青いモスリンの生地を買ってきたのだが、はさみを入れたあとで、洗濯のできな

い生地だとわかり、ひどく腹を立てた。

ジョーはその日、午前中はローリーと川でボートに乗り、午後は本を読んで過ごした。ボートをこいでいる間に日に焼けて鼻の皮がむけてしまい、一度に本を読みすぎたせいで、夜には頭が割れそうに痛くなった。

ベスは、人形の洋服づくりを途中で放り出してローレンス家にピアノをひきに行った。しかし、一度にいくつもの曲を覚えるのは無理だとわかり、いらいらして帰ってきた。

エイミーは、よそいきの白い服を着て散歩に出かけたところ、夕立にあってしまった。明日は友だちの誕生パーティーがあるのに着ていく服がなくなったと、エイミーはしょげかえった。

二日目以降も不思議なくらいいやなことばかりが続き、四姉妹はどんどん不機嫌になっていった。ささいなことでけんかをし、心のなかではみんなが「好きに遊んで暮らす」ということろみをやめたいと思うようになっていた。それを口に出す者はいなかったが、金曜の夜にはだれもが、いやな一週間がもうすぐ終わるとホッとしていた。

お母さまの作戦

土曜の朝、四姉妹が起きて一階に下りていくと、母とハンナの姿がなかった。台所に火の気はなく、朝食もできていない。メグは二階にかけあがっていき、しばらくすると安心したような、困ったような、複雑な顔で下りてきた。

「お母さま、ご病気というほどじゃないけど、とてもつかれていらっしゃるんですって。それで、今日はお部屋で体を休めることになさるそうよ。ハンナにも、今日一日お休みをあげたとおっしゃっていたわ。」

「めずらしいこともあるもんだね。でもいいわ。あたし、ちょうど何か仕事をしたくてむずむずしてたんだ。朝ごはんをつくろう！」

ジョーはそう言って、メグと一緒に朝食づくりに取りかかった。しかし、できあがったオムレツは黒こげで、ビスケットはうまく焼けず、ぶつぶつだらけだった。二階の母に持って行ったあと、四姉妹で食べ始めたが、おいしくないので、いつものように会話もはずまず、みんな不満ばかり口にしていた。

ジョーは、気分を変えるために、昼にローリーを食事に呼ぼうと決めた。

「今度はあたしが一人でつくる。メグはおくさまの役になって、お客さまの相手をしてくれればいいから。」

「でもジョー、お客さまに出すような料理なんてつくれるの？」

「台所にコンビーフもじゃがいももあるし、アスパラガスとえびを買ってきて、サラダもつくるよ。つくり方は、本を見れば大丈夫でしょ。デザートはいちごにしよ

うかな。」

ジョーは買いものをしてきていいかと二階にいた母にたずねた。

「必要なものはお買いなさい。ただ、わたしはお昼から出かけますからね。」

そう言われて一階にもどってくると、ベスが泣きじゃくっていた。かわいがっていたカナリアのピップが、かごのなかで死んでいたのだ。

「わたしのせいなの！　えさも、お水も忘れていて……ピップ、ごめんなさい……。」

「ベス……午後にみんなでおそうしきをしようね。さあ、もう泣かないで。今週は何もかもうまくいかなかったけど、あたしたちのこころみのせいで、ピップが一番ひどい目にあったって

ことだね……。」

ベスのことはメグとエイミーに任せて、ジョーは買いものに出かけ、市場でえびとアスパラガスといちごを買って帰った。

その後、台所でジョーが奮闘している間に母は出かけていき、入れかわりに近所に住むクロッカーさんというおばあさんが、昼ごはんをごちそうになりたいとマーチ家にやって来た。

せんさく好きでうわさ好きのクロッカーさんを四姉妹はあまり好きではなかった。だが、「一人暮らしのお年よりでお友だちも少ないのだから、親切にするように」と母から言われていたので、昼ごはんは四姉妹とローリー、クロッカーさんで一緒に食べることになった。

テーブルにみんながそろい、食べ始めると、ジョーはすぐにテーブルの下にかく

れてしまいたくなった。どのお皿も、一口食べるとみんなが困った顔をした。

パンは真っ黒にこげ、一時間もゆでたアスパラガスは、頭がふにゃふにゃしているのにくきはかたかった。じゃがいもは生にえで、ゆでたえびは、ジョーがさんざんたたいたりつついたりして、からをむくとほんの少しの量になってしまってサラダの葉のかげにかくれていた。

食事が進むうちに、エイミーはくすくすと笑い出し、クロッカーさんはむずかしい顔になり、ローリーだけがみんなをもりあ

げようと一生懸命にしゃべり続けていた。

ジョーの最後の望みはデザートのいちごだった。さとうとクリームをたっぷりかけたいちごのお皿を出すと、やっとみんなの顔に笑みがもどった。

ところがいちごを口にしたとたんに、ようすがおかしくなった。クロッカーさんは顔をしかめて水を飲み、エイミーはむせてナプキンで顔をかくし、台所の方に走っていった。ローリーは少し口をゆがめたあと、何とか飲み込んでお皿をじっと見つめた。

ジョーは何が起きたかまったくわからなかった。買いものから帰って箱から出してみると、下の方のいちごはまったくじゅくしていなかったため数が足りず、自分の分は用意していなかったのだ。

「……どうしたの？」

ふるえる声でジョーがたずねると、メグが悲しそうに答えた。

「おさとうじゃなくて塩がかかってる。それに、クリームがすっぱくなってるのよ。」

ジョーはさとうと塩の入れものをまちがえ、クリームを冷蔵庫に入れるのを忘れていた。顔が真っ赤になり、泣きたい気分だったが、ふとローリーの方を見ると、必死で笑いをこらえているのがわかった。それを見ているうちに、ジョーもおかしくてたまらなくなり、大きな声で笑い出した。ジョーにつられて姉妹もローリーも、しかめ面をしていたクロッカーさんまでもが涙を流して大笑いした。

そのあとは、バターをぬったパンとオリーブのつけものと笑い声とで、楽しい食卓となった。

食べ終わるとすぐ、クロッカーさんはこのおかしな昼食会のことを近所の人々に話して回るためにマーチ家をあとにした。

四姉妹とローリーは、かわいそうなピップのために庭にお墓をつくり、花をそなえておそうしきをした。

夕方、ジョーは居間のいすにこしを下ろしてため息をついた。

「今日はなんておそろしい日だったんだろう！」

「そうね。いやな一日だったわ。」

メグが言うと、エイミーもうなずいた。

「ええ、おうちじゃないみたいでしたわ。」

「お母さまがいらっしゃらなくて、ピップもいないんじゃ、おうちらしいわけがないわ……。」

ベスはまた泣きそうになっていた。

「お母さまはここにいますよ。小鳥だってきちんとお世話をするならまた買ってあげましょう。」

そう言いながら、出かけていたマーチ夫人が部屋に入ってきた。

「みんな、今週のこころみはどうでしたか？　もう一週間続けますか？」

「まさか！　あたし、もうたくさん！」

ジョーがさけぶと、ほかの三人も「わたしも」と口々に言った。

「ぶらぶらして遊び暮らすのはつまらない。それがよくわかりました。」

「だったらジョー、何かやさしいお料理を習ったらどうですか？」

母は帰り道、クロッカーさんに会って昼食会の話を聞いていた。

「お母さまは、わたしたちがどうするかを見ようとお思いになって、わざとお出かけされたのね？」

　メグはずっとそんな気がしていたのだ。

「その通りですよ。みんなが気持ちよく暮らすには、一人一人が自分の仕事をしなくてはいけないということを、あなたたちにわかってもらいたかったの。働くということは、体のためにも心のためにもいいものなんですよ。それにお金には変えられない、力強さや独立心も身につけられますからね。」

「あたし、この休みの間にお料理を習います。今度の昼食会はきっとうまくやってみせる！」

ジョーが目標を立てると、メグもあとに続いた。

「わたしはお父さまのシャツをぬいますわ。自分の服よりも、そのほうがずっと大事ですもの。」

「わたしは毎日勉強します。お人形さんと音楽にばかり時間を使わないようにするの。」

ベスの決意を聞いて、エイミーも真剣な顔で宣言した。

「わたくしは、ボタン穴のぬい方を覚えて、フランス語の単語をたくさん覚えます。」

マーチ夫人は満足そうに娘たちの顔を見つめていた。

「みんなすばらしいわね。でも、働きすぎるのもよくないのですよ。**働くのも遊ぶのも、時間を決めて毎日が充実して楽しくなるようになさいね。時間の大切さをよく考えて、上手に使うこと。そうすれば、あなたたちの人生はきっと美しいものになりますよ。**」

第7章　それぞれの思い

かわいい郵便局長

ベスは毎日庭の郵便箱を開けて、手紙や小包を配るのが日課になっていた。

七月のある日、かわいい郵便局長は、両手いっぱいに配達物をかかえて家に入ってきた。

「ミス・メグ・マーチ、お手紙一通と手袋片方のお届けです。」

「片方だけ？　おとなりに両方とも忘れて来たはずなんだけど……。」

「郵便局には、片方しか入っていなかったわ。」

「そう……。手紙はローリーからね。ドイツ語の歌の翻訳をたのんだの。でもこれローリーの字じゃないわ。ブルックさんが訳してくださったのね。」

ベスは次にジョーに配達をした。

「お手紙とぼうしよ。このぼうし、つばが大きすぎて郵便局からはみ出していたわ。」

「ローリーったら！　あたしね、毎日暑くて日に焼けるから大きなぼうしが流行ればいいのにって言ったんだ。そしたらローリーが『流行りなんて関係ない。かぶりたければかぶればいい』って言うから、『持っていればかぶるけど』って答えたわけ。」

ジョーは笑いながら手紙を広げた。それはキャンプへの招待状だった。

『親愛なるジョー

明日、イギリスからヴォーン家の四きょうだいがわが家に来ます。ロングメンドウにテントを張ってお昼を食べたりクロッケー*をしたりするつもり。ブルックさんも一緒です。きみたち四姉妹もぜひ来てください。

ローリー』

*クロッケー……ゲートボールに似たイギリス発祥の球技。芝生のコートで行う。

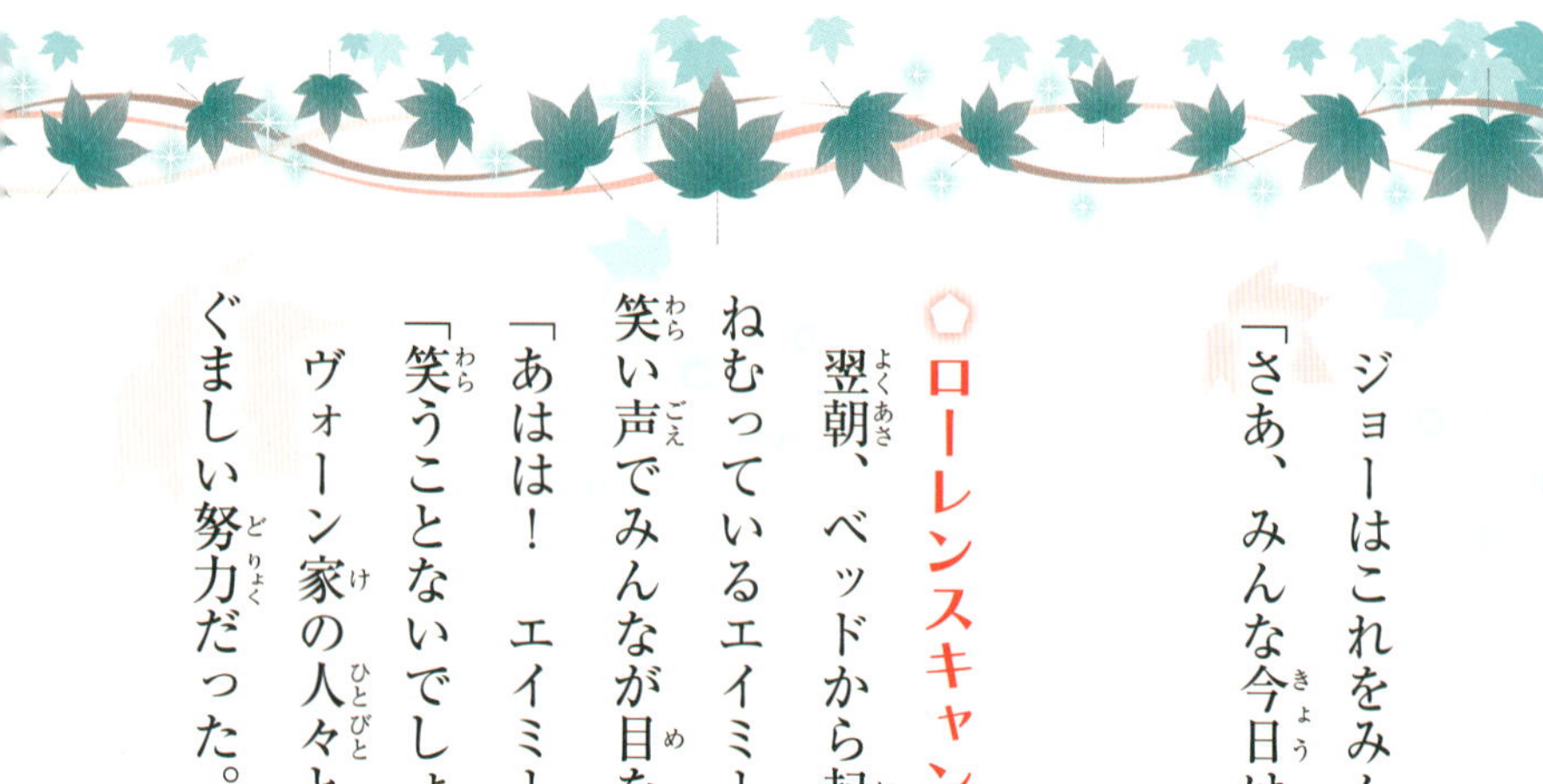

ジョーはこれをみんなに知らせに行き、大きな声で言った。
「さあ、みんな今日は二日分働こう！　じゃないと明日ゆっくり遊べない！」

ローレンスキャンプ

翌朝、ベッドから起きたとたん、ジョーの目におかしな光景が飛び込んできた。ねむっているエイミーの鼻に、大きな洗濯ばさみがはさんであったのだ。ジョーの笑い声でみんなが目を覚ました。

「あはは！　エイミー、それ一体何のまね？」

「笑うことないでしょう？　これで、鼻が高くなるかと思いましたの。」

ヴォーン家の人々と初めて会う前に、少しでも理想的な鼻に近づけたいという涙ぐましい努力だった。

朝食をすませると、四人はローレンス家に向かった。ジョーは、ローリーからもらった大きなぼうしをかぶって行った。
ローリーは四姉妹にヴォーン家のメンバーを紹介した。
長女のケイトは二十才でめがねをかけたまじめそうな女性だった。ふたごの男の子フレッドとフランクはジョーと同い年くらい。フレッドは負けん気が強そうで、フランクは松

葉づえをついていた。一番下のグレースは十才で、ぎょうぎのいい、かわいらしい女の子だった。

ローリーの家庭教師のブルックさんもおり、メグの友だちのサリー・ガーディナーとモファット家の長男のネッドも来ていた。ネッドは満面の笑みでメグに言った。

「デイジー、あなたに会いたくてやって来ましたよ。」

一同はまず川に行き、二組にわかれ、ボートに乗り込んでロングメンドウへ向かった。片方のボートはローリーとジョーがこぎ、もう片方はブルックさんとネッドがこいだ。ジョーがこぐたびにぼうしのつばがぱたぱたと動き、すずしい風が起きた。それを見てみんなが笑い、すぐにうちとけることができた。

だがケイトだけは、ジョーがローリーと男の子同士のように接していることにおどろき、めがねごしに厳しい目を向けていた。

ロングメンドウでボートを降りると、近くにテントが張られ、クロッケーの用意がしてあった。ローリーが先に準備をしておいたのだ。

「ローレンスキャンプへようこそ！　暑くならないうちにひとゲームしましょう。」

まずはブルックさん、メグ、ケイト、フレッドのチームと、ローリー、サリー、ジョー、ネッドのチームにわかれてクロッケーを始め、フランク、ベス、エイミー、グレースは応援をすることになった。

ゲームは接戦で、負けずぎらいのジョーとフレッドは試合中に何度もけんかになりかけた。フレッドは、ボールを打つ番になるとジョーを見ていやみっぽく言った。

「クロッケーはイギリスのスポーツだから、アメリカ人にお手本を見せてやるよ。」

三本の柱をめがけてフレッドが打ったボールは、柱の少し手前で止まってしまった。するとフレッドは、ボールの場所をたしかめに行くふりをして、つま先でボー

ルをけって動かした。

「あんた、今、ずるをしたでしょう？」

すぐにジョーが気づいてつめよったが、フレッドはずるをしたとは認めなかった。

「そんなことするもんか！　アメリカ人はずいぶんうそつきなんだな！」

ジョーは大声でどなりかえしそうになったが、必死でがまんした。

次にフレッドが打ったボールは草むらまで飛んでいき、ジョーはそれを取りに行った。しばらくしてもどって来ると、ジョーは落ち着いた顔になっていた。

そのあとはジョーが大活躍して、ローリーたちのチームが勝った。試合が終わると、メグがジョーのところに来てささやいた。

「あの子がずるをしたのはわたしも気づいていたわ。よくがまんしたわね、ジョー。」

「そんなにほめないで。あたし、本当は今だってあの子をひっぱたきたいぐらいなんだから。草むらで気持ちをしずめて、何とかどならずにすんだけど。」

ジョーは、以前母から教わった通り、口から飛び出しそうになったひどい言葉を、その場をはなれて飲み込んだのだった。

そのあとはお弁当を広げて食事をし、食後はカードゲームなどをして遊んだ。ブルックさんとケイトとメグは、みんなから少しはなれて三人で話をした。ケイトはスケッチブックを持って来ており、それを広げて絵を描き始めた。

「お上手ですわ！　わたしもそんなふうに描けたらいいのに。」

メグはケイトの絵を見てうらやましそうに言った。

「じゃあ絵を習いに行かれるとよろしいわ。お母さまが反対なさったら、家庭教師の先生にお願いして説得してもらうといいですわよ。わたしもそうしましたの。」

「わたしには、家庭教師なんていませんの。」

「ああ、そうでした。アメリカでは、おじょうさん方はみなさん、学校へいらっしゃ

るんでしたわね。」

「いいえ、学校にも行っていません。……わたし自身が家庭教師なんです。」

「まあ！　そうですの？」

見下したような言い方だったのでメグが内心傷ついていると、ブルックさんがケイトに言った。

「アメリカでは若いご婦人も、働いて自立している人が尊敬されるんですよ。」

そしてブルックさんはメグの方を見た。

「昨日のドイツ語の歌、お気にめしましたか？」

「ええ、とっても。訳してくださって、ありがとうございました。」

そこにケイトが口をはさんだ。

「あら、ドイツ語はおできになりませんの？」

「以前は父に教わっていたんですが……。独学ですとなかなかうまくいきませんの。発音を直してくれる人がいないんですもの。」

すると、ブルックさんが本を取り出した。

「それなら今、少しお教えしましょう。ちょうどここにドイツ語の詩集がありますし、教えるのが好きな教師もいますよ。さあ、ここのところを読んでごらんなさい。」

ブルックさんは長い草の葉で本の上を示した。

メグはブルックさんが指すところをゆっくりと読んでいった。

その詩は、ある女王の悲劇的な人生をえがいたもので、メグはどんどんその世界に入り込んでいった。ブルックさんはメグの美しさに目を

うばわれていたが、メグは一度も本から目を上げなかったので、それに気づくことはなかった。

「大変よくできました！」

メグが読み終えると、ブルックさんは優しく笑いかけた。

エイミーはグレースと仲よくなり、花をつみながらおしゃべりをしていた。しかし、ベスはジョーのかげにかくれてばかりで、ヴォーン家の人たちとはなかなか話せなかった。

ところが、気づくとベスはフランクと二人きりになっていた。遊び終わったカードをベスが片付けている間にジョーたちはまたクロッケーを始めたのだが、松葉づえをついていて運動ができないフランクは、その場に残っていたのだ。

ベスは朝からこっそりフランクのことを観察していた。そして、フレッドとちがっ

てもの静かで優しそうだと思い、親切にしてあげたいと思っていた。

「あの……おつかれになっていませんか？」

「つかれてはいませんけど、ちょっと退屈で。何か話をしてもらえませんか？」

「えっ……どんなお話が好きかしら？」

「ボートとか、かりの話がいいな。ぼく、一度だけかりに行ったことがあるんです。そのとき馬から落ちて、足がこうなってしまったから、もう二度とできないけど。」

悲しそうなフランクを見て、ベスは明るい話題を必死に考えた。

「あの……イギリスのシカは、アメリカの野牛よりずっときれいですわね。」

ベスは前に一冊だけ、ジョーがおもしろいと言っていた男の子向けの本を読んだことがあり、そこに書かれていた野牛の話をすると会話がはずんだ。

ジョーはクロッケーのグラウンドから、ベスとフランクが楽しそうに話すのを見てぎょうてんし、グレースはエイミーに向かってうれしそうに言った。

「フランクがあんなに笑っているのを見るなんて本当に久しぶりだわ！」

日がしずみ始めたころ、みんなでテントをたたみ、ボートに荷物を積んで川を下った。ネッドはボートをこぎながら気取って歌を歌い出し、切なそうにメグを見つめた。メグはその顔を見て思わずふき出してしまった。

「ひどいなあ。どうしてそんなにぼくに冷たいんです？」

「ごめんなさい。でも、何だかおかしかったんですもの。」

ボートを降りると、みんなで別れのあいさつをした。ヴォーン家の兄弟は明日、カナダへ旅立つのだという。

ケイトは、四姉妹が帰って行くのを見送りながら、ぽつりとつぶやいた。

「風変わりなところもあるけれど、アメリカのおじょうさんたちって、よくつきあえばいい方たちね。」

するとブルックさんが満足そうにうなずいた。

「ええ、そうですとも。」

巡礼ごっこ

九月に入っても暑い日が続いていた。お昼過ぎ、庭でハンモックにゆられていたローリーは、四姉妹が出かけていくのを目にした。

四人とも大きなぼうしをかぶり、茶色い袋をかついで、つえをついている。

「みんなでピクニックに行くんだな。ぼくにだまって出かけるなんて冷たいじゃないか。」

そうつぶやいて、ローリーは四姉妹のあとを追いかけていった。

四姉妹は丘を登っていった。そして見晴らしのいい場所で袋から荷物を出し、裁縫や編みものを始めた。ローリーはさそわれていないので何となく出ていきづらく、木のかげからこっそりようすを見ていた。

しばらくすると、ベスがローリーを見つけて手まねきをした。

「ローリー!」

「何かお手伝いしましょうか? それともぼくはおじゃまかな?」

そう言いながら近づいていくと、ジョーが言った。

「じゃまなわけないでしょう。あなたをさそおうかとも思ったけど、こんなこと、男の子にはおもしろくないと思っただけ。」

「これは、どういう集まりなの？」

「あたしたちは小さいころからよく、『天路歴程』ごっこをしてるの。」

『天路歴程』は、クリスチャンという主人公が重い荷物を背負って旅をし、『天国の町』にたどり着くまでをえがいた物語だ。

「それでクリスチャンみたいに荷物をかついだりつえをついたりしてたんだね。」

「その通り。この丘はあたしたちの『楽しき山』で、きれいな景色をながめながら仕事をしてるってわけ。」

「なるほど。巡礼ごっこか……。ぼくもいつか、クリスチャンみたいに幸せになれたらいいけど。」

ローリーがどこかさびしそうに言うと、メグがたずねた。

「ローリーにとっての幸せな暮らしって？」

「ぼくは世界じゅうを旅してから、ドイツで有名な音楽家になりたい。メグは？」

「わたしはきれいな家で優雅な暮らしができたらうれしい。そしたら、まわりの人みんなに優しくするの。ジョーは馬とインクつぼと本があればいいのよね？」

「その通り。それで、あたしが書いた本がローリーの音楽と同じくらい有名になって、お金持ちになるんだ。」

ベスは編みものの手を止めずに言った。

「わたしの夢は、お父さまとお母さまと一緒におうちにいて、毎日みんなのお世話をすること。ローレンスさんにピアノをいただいてから、欲しいものは何もないから。」

エイミーの夢はもちろん画家になることだった。

「ローマに行って、立派な絵を描いて、世界一の画家になりたいですわ！」

「ベス以外はみんな野心家だね。」

ローリーはそう言って笑ったが、ふいに顔をくもらせた。

「まあ、あれこれ夢見たところで、どうせぼくは、結局おじいさまの望み通りにするしかないんだろうけど……。大学を出て貿易商になるなんて！　いっそ、お父さまみたいに家を飛び出せたらいいのに。」

「そんなことを言ってはだめよ。」

メグはまじめな顔で言った。
「大学に入ったら一生懸命勉強なさいね。もしもおじいさまを一人残してどこかに行くようなことをしたら、きっと後悔するわ。まずは自分のするべきことをきちんとすること。そうすれば、きっといいことがあるはずよ。」
そこに、ハンナが鳴らすベルの音がかすかに聞こえてきた。お茶の時間がきたのだ。四姉妹とローリーは丘を降りていった。

この日の夜、ベスはローレンス家に行ってピアノをひいた。ローリーは、その音色に聞き入っている祖父の顔を見ながら思った。

「メグの言う通りだ。おじいさまがいらっしゃる間、ぼくはずっとそばにいることにしよう。それができるのは、世界じゅうでぼく一人なんだから……。」

第8章
いい知らせ、悪い知らせ
作家の誕生
Josephine March
――よし、できた！
行っくぞー！
十月のある日、ジョーは街に出かけた。
ザワ
ザワ
きょろ
きょろ
…よし！
タン、
タン…

なるほど……。
痛むようなら一緒に帰ってあげなくちゃ。
DENTAL CLINIC
NEWSPAPER
BUILDING
タッタッ
意外に早くすんだね。何本ぬいたの？
やぁ！
あっ、ローリー！
「ぬく」って…？
ん？だってほら。
DENTAL CLINIC
歯医者
！

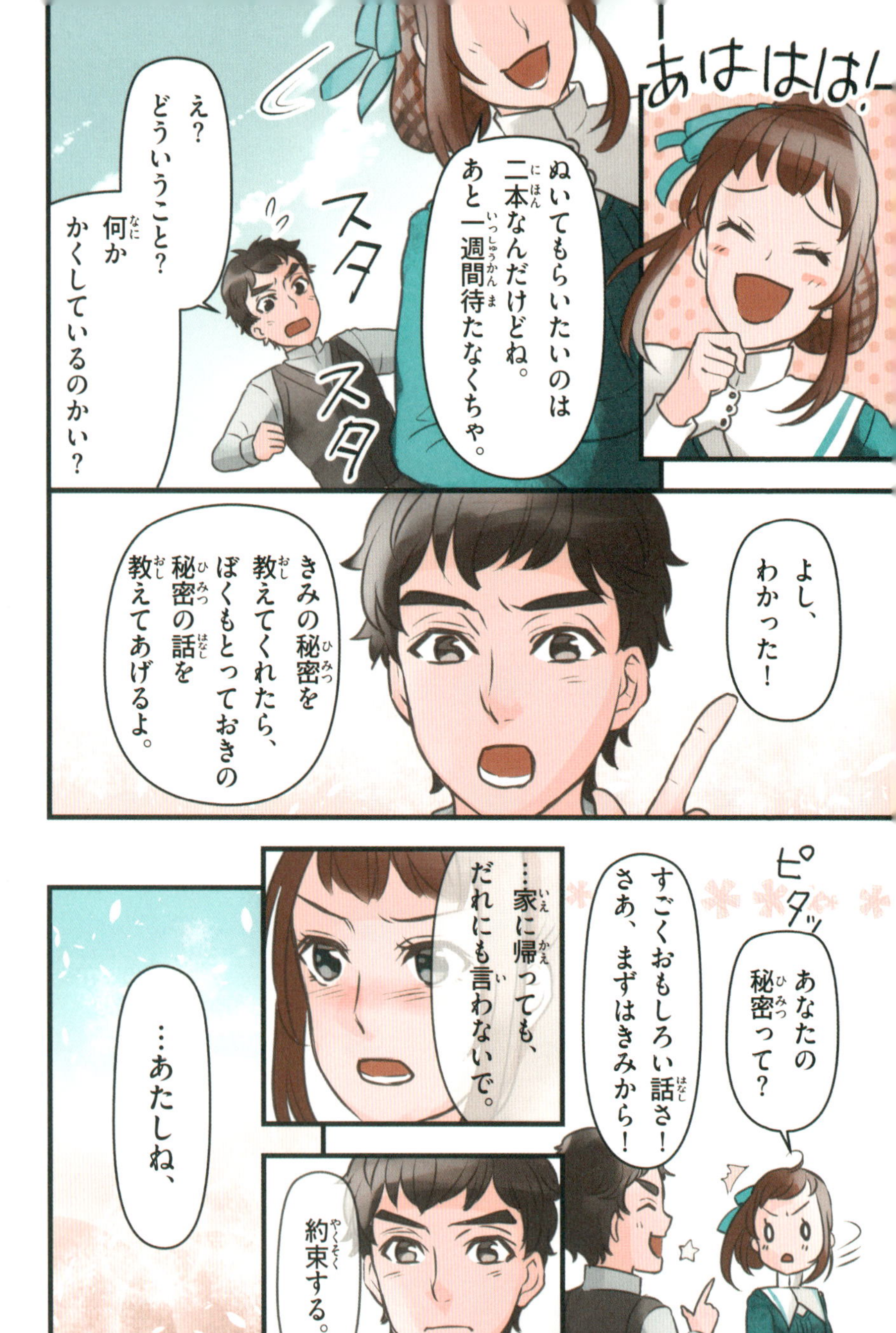
あははは！
ぬいてもらいたいのは二本なんだけどね。あと一週間待たなくちゃ。
スタスタ
え？どういうこと？何かかくしているのかい？
よし、わかった！
きみの秘密を教えてくれたら、ぼくもとっておきの秘密の話を教えてあげるよ。
ピタッ
あなたの秘密って？
すごくおもしろい話さ！さあ、まずはきみから！
…家に帰っても、だれにも言わないで。
約束する。
…あたしね、

小説をふたつ、新聞社に持ち込んできたの。
のせてくれるかどうか、来週返事をくれるって。
わあっ
やった！偉大な女流作家、ジョー・マーチばんざい！
絶対に秘密よ。どうせうまくいかないし、みんなをがっかりさせたくないから。
だめなわけない！きみの作品はシェークスピアぐらいおもしろいよ！
ありがとう…。それで、あなたの秘密は？

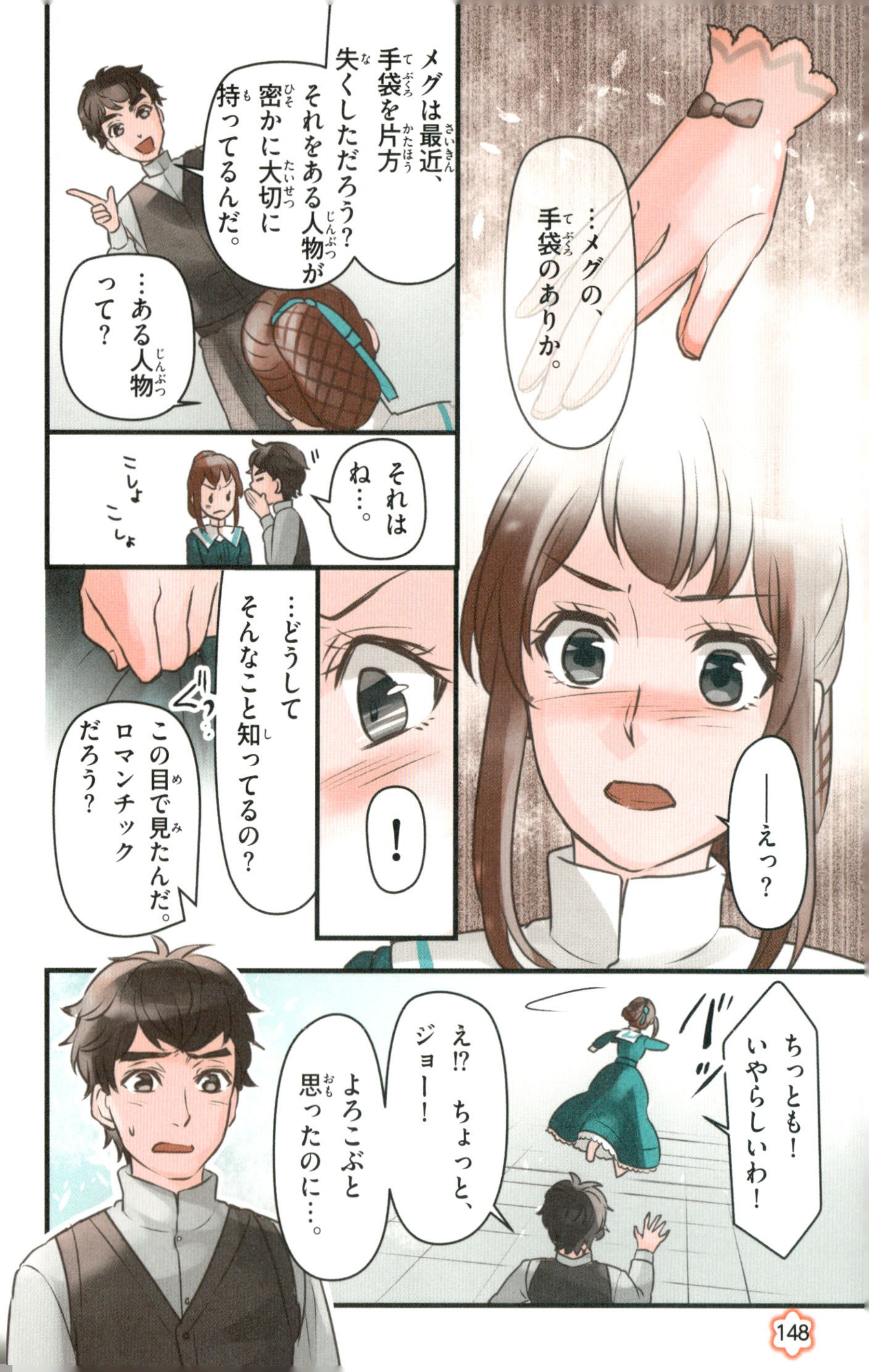
…メグの、手袋のありか。

メグは最近、手袋を片方失くしただろう？それをある人物が密かに大切に持ってるんだ。

…ある人物って？

それはね…。

こしょこしょ
――えっ？

!

…どうしてそんなこと知ってるの？

ぐっ…

この目で見たんだ。ロマンチックだろう？

ちっとも！いやらしいわ！

ダッ
え!? ちょっと、ジョー！

よろこぶと思ったのに…。

―一週間後―
パラ。
……。
あら、新聞？ 気になる記事でもあるの？
小説がのってる。『画家の競り合い』っていうタイトルよ。
まぁ！ おもしろそうね。読んでちょうだい。
ぎゅ。
…わかった。
おもしろかったですわ！
ぐすっ
ロマンチックね…！
ねえ…作者はだれ？

バッ
―あんたたちの姉妹(しまい)！
まあ、ジョー！
あなたなの!?
とてもよく書(か)けているわ！
やっぱり！わたし、きっとそうだと思(おも)ったの…！

*電報……文書の配達サービス。緊急連絡手段に用いられていた。

ワシントンの病院から……お父さまが入院なさったので、すぐ来るようにと。
お父さまが⁉
ぐずぐずしてはいられません。
ローリー、悪いけれど、すぐに向かうと電報を打ってちょうだい。
ほかに何かありませんか?
では……手紙を書きますから、マーチおばさまに届けてください。
旅費をお借りしなくてはいけないわ。
ベスは、ローレンスさんにお願いしてぶどう酒をいただいて来て。
ジョーは買いものを。メグは荷造りを手伝ってね。
はい!!

おくさま、これをどうぞご主人に。

まあ、ありがとうございます!

明日の朝、出発なさるそうですね。お一人では心配でしょう? わたしがご一緒します。

そんなわけには……。こんなにたくさんいただいただけで十分ですわ。

そうですか…。

では、お留守の間、おじょうさんたちのことはわたしにお任せください。何もご心配いりませんよ。

ありがとうございます…!

ジョーはどうしたのかしら? 遅いわね…。

ガチャ

ただいま……。
ジョー、遅かったわね。どうかしたの？
スッ
これ、お父さまへのお見舞いと旅費の足しにしてください。
United States
DOLLARS
まあ 二十五ドルも！
あなた、これをどうしたの？
——心配しないで。
あたしのものを売ってお金をつくったの。
パサ…

なんてこと！あのきれいな髪が!!
どうしてそんなことを…！
やだ、みんな、ずいぶん大げさね！あたし、さっぱりして気に入ってるんだから！
……とにかくお父さまのために何かしたくてたまらなかったのよ。
お父さま…あたしに何ができる？
カツ
カツ
ABER SHOP
BARBER

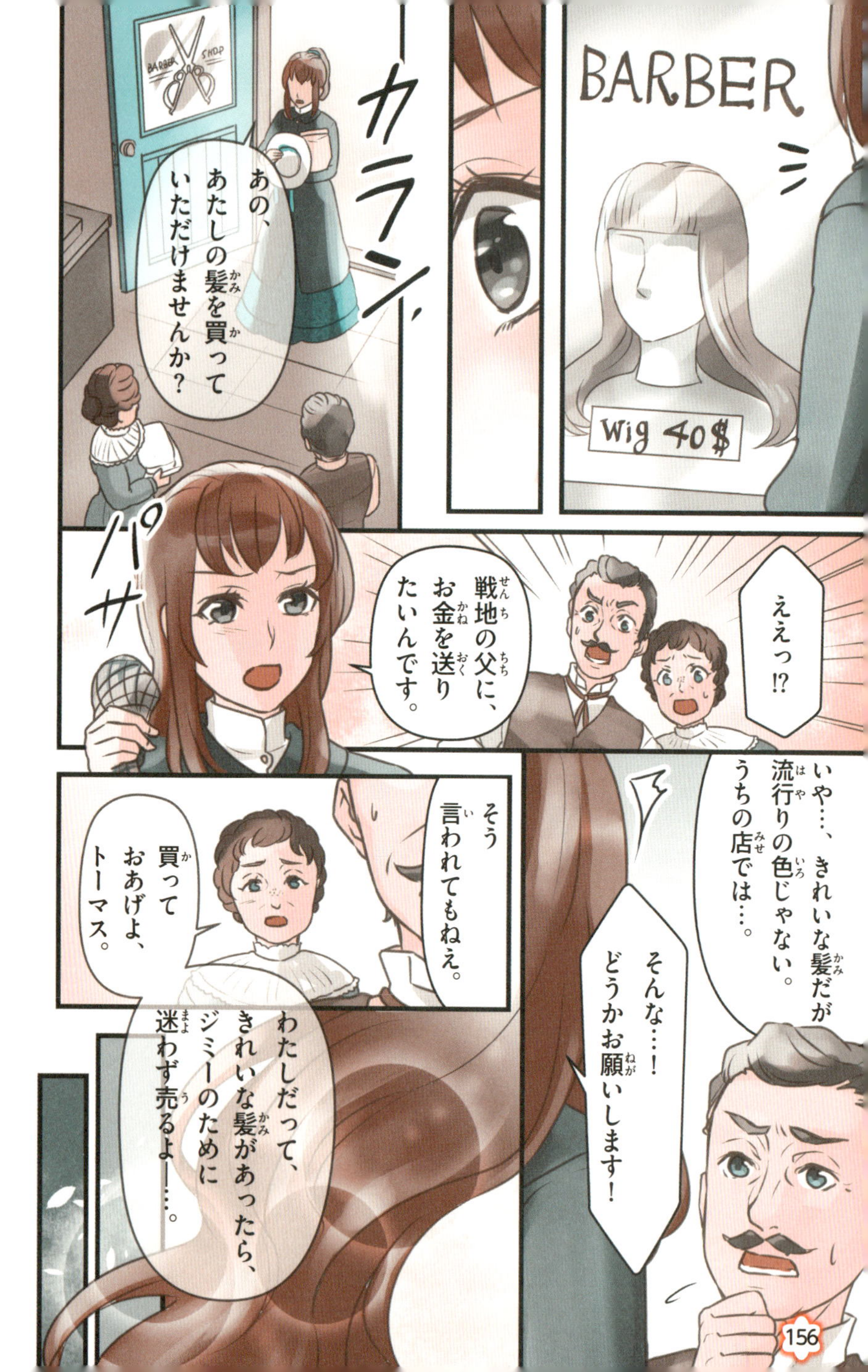
BARBER
Wig 40$
BARBER SHOP
カラン
あの、あたしの髪を買っていただけませんか？
ええっ⁉
戦地の父に、お金を送りたいんです。
パサ
いや…、きれいな髪だが流行りの色じゃない。うちの店では…。
そう言われてもねえ。
そんな…！どうかお願いします！
買っておあげよ、トーマス。
わたしだって、きれいな髪があったら、ジミーのために迷わず売るよー…。

ジミーって？
ごそ、
息子さんだって。戦場に行ってるそうよ。
それと…
これ、
とこやのおかみさんが取っておきなさいって。お母さまにあげます。
…ありがとうね、ジョー。
っく、
ひっ…く、
ぱち、
……ジョー？どうしたの？お父さまが心配なの？
っ！ううん…今は、ちがう！
じゃあ一体どうして——

あたしの…
あたしの髪！
！
後悔なんかしてない。
なのにこんなふうに
泣いてるのは、
あたしのうぬぼれと
わがままのせいなの…。
だれにも言わないで。
姉さんもねてると
思ったから、
自分のたったひとつの
美しいものを失くした
ことを悲しんでたの…！

わたしのことは何も心配いりませんよ。
ローレンスさんのご配慮で、ブルックさんが一緒に行ってくださるんですから。
はい。お気をつけて。
それでは行ってきます。
神さまのおめぐみがあなたたちをお守りくださいますように――…。

小さなまごころ

ブルックさんは、ワシントンから毎日四姉妹に手紙を書き、父の容体を知らせてくれた。それによると、母がつきそうようになって以来、父は回復に向かっているとのことで、手紙の内容は一通ごとに明るいものになっていった。

そのおかげで、四姉妹は安心することができたのだが、「母がいない間は自分たちできちんと家を守ろう」という気持ちがゆるみだしてしまった。

ジョーはかぜを引いてしまい、マーチおばさんから手伝いを休むように言われて、家にこもって本を読みふけっていた。メグはワシントンからの手紙をくり返し読んでいるばかりで家事をおろそかにし、エイミーはお手伝いよりもねんど細工を優先

するようになった。

そんななかでもベスだけは、毎日自分のつとめをきちんと果たし、姉たちとエイミーが忘れている仕事まで一人で引き受けていた。

母がワシントンに行って十日ほど過ぎたころ、ベスが言った。

「メグ姉さま、フンメルさんのお宅へ行ってくださらない？」

去年のクリスマスに朝食を届けに行って以来、母はずっとフンメル家のことを気にかけており、ワシントンに発つ前にも、「あの家族のことを忘れないように」と言い残して

行った。それでベスは毎日フンメル家に行って子どもたちの世話をしていた。

「赤ちゃんが病気で、わたしどうしたらいいかわからないの。おばさまは毎日仕事に行っているから、その間は上の子がお守りをしているんだけど、どんどん悪くなっているみたいなの。」

「まあそうなの……。でも、今日はつかれていて行けそうもないわ。ジョーはどう？」

「あたしは、まだかぜが治らないから。」

「そうなの？　もうよくなったのかと思っていたわ。」

ベスに言われて、ジョーは苦笑いをした。

「ちょっと出かけるぐらいは平気だけど、フンメルさんのところに行けるほど元気じゃないから……。ハンナにおいしいものでもつくってもらって持って行ったら？」

「そうしたいけど、なんだか今日は頭痛がするのよ。だからだれか代わりに行ってくれたらと思ったの。」

「エイミーがそろそろ帰ってくるわよ。」

メグが言うと、ベスは少しホッとした顔になった。

「そうよね。じゃあ、横になってエイミーを待つことにするわ。」

しかし、それから一時間経ってもエイミーは帰らなかった。ベスは頭痛をがまんして、フンメル家の子どもたちにあげる食べものをバスケットにつめ、一人で出かけていった。

ジョーは夢中で本を読んでいたので、ベスが出かけたことにも、帰ってきたことにも気づかなかった。

一冊読み終えると、二階から物音がしたのでのぞいてみた。すると、つかれきったようすのベスが、薬のびんを持ってぼんやりと座っていた。

「ベス！　どうしたの？」

「ジョー、*しょうこう熱にかかったことがあるわよね?」

「ずいぶん前にね。メグからうつったの。それがどうしたの?」

「あのね、フンメルさんのところの赤ちゃんが……さっき死んじゃったの。おばさまがお医者さまを呼びに行っているうちに、わたしの、ひざの上で……。」

「なんてこと……。ベス、こわかったでしょう? あたしが行くべきだった!」

「赤ちゃんね、しばらくねむっていたんだけど、急に泣き出して、そのあとぶるぶるふるえて……。ミルクを飲ませようとしても動かなくなったの。そしたらおばさまが連れてきたお医者さまが『しょうこう熱だよ。もっと早く呼びに来るんだったな』って。それでお医者さまがわたしに、早く家に帰ってベラドンナを飲むようにっておっしゃったの。そうしないと、しょうこう熱にかかるって。」

「そんな……。」

ジョーはベスをだきしめて言った。


*しょうこう熱……赤く小さな発疹が全身にできる伝染性の病気。

「たしかに、一週間以上毎日赤ちゃんのところへ行ってたんだし、うつっているかもしれない。どうしたらいいか、ハンナに聞いてくるからね。」

「お願い、ジョー。エイミーをここに来させないで。あの子はまだしょうこう熱にかかったことがないから。」

ハンナは、きちんと手当てをすれば大丈夫だからとジョーに言い聞かせた。

そして、ベスをマーチ夫人のベッドに休ませ、ジョーに医者を呼びに行かせた。

エイミーはしばらくの間、マーチおばさんのところに預かってもらおうということになった。しかし、エイミーは泣いてそれをいやがった。

「マーチおばさまのところに行くぐらいなら、しょうこう熱にかかったほうがましですわ！」

メグがいくらなだめたりしかったりしても、エイミーは行かないと言いはった。

そこに、ローリーがやって来て事情を聞き、エイミーに優しく言った。

「さあ、もう泣かないで。いい子にして、みんなの言うことを聞こうね。きみがマーチおばさんのところにいる間、ぼくが毎日会いに行くよ。ドライブや散歩に連れ出してあげる。」

「でも……わたくし、ベスのそばにいたいんです。」

「きみに病気をうつさないためなんだよ。今すぐにでも行ったほうがいい。しょうこう熱は大変な病気なんだからね。」

「でも、マーチおばさまはとっても意地悪なんですもの。」

「ぼくはおばさんに気に入られてるんだ。ぼくと一緒なら、きみが何をしてもしかられることはないよ。」

「……ベスがよくなったら、すぐにわたくしを帰らせてくださる？」

「もちろん。ベスが治ったらすぐに帰らせてあげる。」

「おしばいにも連れて行ってくださる？」

「十回行ったっていいよ。」

「……だったら、行ってもよろしいですわ。」

暗い日々

マーチ家のかかりつけ医のバングス先生が往診に来て、ベスは重いしょうこう熱にかかっていると診断した。メグは手紙で母にそれを知らせようとしたのだが、ハンナに止められた。

「おくさまに心配をおかけしてはいけません。おくさまは今、だんなさまのおそば

をはなれるわけには行かないんですから。」
ジョーは昼も夜もつきっきりで看病をした。しかしベスの病状は悪くなる一方で、高熱で、もうろうとしている時間が長くなっていった。かれた声でうわごとを言ったり、大好きなピアノをひいているつもりで指を動かしたりするのを見るたびに、ジョーは胸がはりさけそうになった。いつでも人のためになることを考え、家族を幸せにしてくれていたベスの姿が頭にうかび、フンメル家に行かなかった自分を責め続けた。
メグは、当たり前のように感じていた毎日がどれほど幸せだったのかを知った。家族みんなが健康で平和な日々が過ごせることは、お金で買えるどんなぜいたく品よりも価値があると心から思った。
エイミーはマーチおばさんの家で、早くわが家にもどってベスのためにいろんなことをしてあげたいと願い続けていた。

ベスを心配しているのは家族だけではなかった。ローリーは毎日ベスのようすを聞きに来ては用事を手伝い、ローレンス氏はベスに会えないさびしさから、ベスが毎日のようにひいていたグランドピアノにかぎをかけてしまった。近所の人々もおみまいの品を届けに来ては、早く治るように祈っていると言ってくれた。

メグもジョーも、あのはにかみ屋のベスにこんなに多くの友だちがいたのかとおどろいた。

やがてベスは、ときどき家族の顔の見分けがつかなくなったり、苦しそうに母の名前を呼んだりするようになった。それでも意識がはっきりしているときは、元気のないジョーを心配し、エイミーがさびしがっているのではないかとメグにようすをたずねて、

「具合がよくなったら、お父さまとお母さまにお手紙を書きます。」

とくり返した。

バングス先生は、一日に二度診察に来るようになった。
メグは、いつでも母に電報が打てるように机のなかに用紙を用意していた。ジョーはずっとベスのそばをはなれず、ハンナも夜中に容体が変わっては大変だからと、ほとんどねむらない夜が続いた。

十二月一日は風が強く、雪も降って寒い日だった。バングス先生は朝早くに来て、ていねいにベスを診察し、低い声で言った。

「もしも、おくさまがご主人をおいていらっしゃれるなら、お呼びしたほうがいいでしょう。」

ハンナは体がふるえて声が出ず、だまってうなずいた。メグは体から力がぬけていすに座りこんでしまった。ジョーはしばらく青ざめて立ちつくしていたが、気をとりなおして電報を打つためにふぶきのなかに飛び出して行った。

その後、ジョーが家にもどってコートをぬいでいるとローリーがやって来た。

「どうしたの？　ベスの具合悪いの？」

ジョーのつらそうな顔を見て、ローリーがたずねた。

「お母さまに電報を打ってきたの。先生が、そうしなさいって……。」

「そんな……それほど悪いってこと？」

「もう、あたしたちのこともわからなくなってる。お父さまもお母さまもいらっしゃらないし、神さまも遠くにいらっしゃる気がする。」

ふるえるジョーの手を、ローリーがしっかりとにぎった。

「あたしのせいで、ベスが……。」

「ぼくがいる。ぼくがここにいるよ、ジョー。」

「……ありがとう、ローリー。」

今までがまんしていた涙が一気にあふれて出て、ジョーのほおを伝った。

「泣かないで、ジョー。ベスは死んだりしない。神さまがあんなにいい子を連れていってしまうなんてことはないよ。」

「いいえ。心のきれいな、優しい人ほど死んでしまうものだと思う。」

ジョーはすっかり弱気になっていた。

「実はね……きみに話しておきたいことがあって来たんだ。」

「……なに？」

「ぼく、昨日のうちにきみのお母さまに電報を打ったんだ。ベスのことを知らせたんだよ。そしたらブルックさんから『お母さまはすぐにワシントンを発つ』って返事が来た。きっとお母さまは今晩お着きになるよ。ハンナに反対されるかと思って勝手にしたことだけど、よろこんでくれる？」

ジョーはローリーにだきついてさけんだ。

「ああ、ローリー！　ありがとう！　あなたは天の使いよ！」

夜明け

今夜にでも母がもどってくることを知って、メグも元気を取りもどした。ハンナはローリーがしたことを聞いてもおこりはせず、

「いっこくも早くおくさまがお帰りになるようにお待ちしましょう。」

と言った。

ベスはねむり続けていた。バラ色にかがやいていたほおはやつれて、いつも笑みをうかべていたくちびるは閉じたままだ。裁縫をしたりピアノをひいたりといそがしく働いていた手はやせ細っている。メグとジョーは、ベスのそばをはなれず、ベスを守ってくださいと神さまに祈り続けた。

夜の十二時を過ぎると、ハンナはつかれはててソファでねむってしまった。だが、メグもジョーもまったくねむくならなかった。

「わたし、自分に心なんてものがなければよかったと思うわ。苦しくってたまらないんだもの。」

メグが言うと、ジョーもうなずいた。

「人生がこんなにもつらいものなら、あたしにはとても生きぬけないような気がする。」

それから一時間が過ぎたが、母はまだ帰ってこない。ふぶきで電車がおくれたり、事故にあったりしたのではないか。それともお父さまの病状が悪くなって来られなくなったのではないかと、ジョーたちの頭には悪い考えばかりがうかんだ。

午前二時を少し過ぎたころ、ジョーは窓辺に立って雪景色を見ていた。人が動く気配がしたのでふりむくと、メグがいすから降りてベッドのわきにひざまづき、うつむいていた。

ベスが死んでしまった、とジョーは思った。メグはおそろしくてそれを口に出すことができないのだ、と。

ジョーもベッドにかけよると、苦しそうだったベスの顔が白く、おだやかになっていた。ジョーはかわいい妹の額にキスをした。

「さようなら、ベス……。」

その声でハンナが飛び起きた。そしてベスのうでを取って脈を測り、くちびるに耳を近づけて呼吸をたしかめた。

「熱が下がったんですよ。気持ちよくねむっていらっしゃるんです。呼吸も楽になったようですよ。ああ、なんとありがたい。」

その後、深夜にも関わらず来てくれたバングス先生も、ハンナの言う通りだと言ってくれた。

「お母さまが早くいらっしゃればいいのに。」

夜が明けるころ、ジョーが言った。メグとならんで窓の外を見ると、今まで見たことがないほど美しい朝日がのぼり始めた。

「おとぎの国みたいね……。」

と、メグがほほえんだ。その瞬間、ジョーはハッとしてさけんだ。

「あの音！」

玄関のベルが鳴っている。続いて、ローリーの声が聞こえてきた。

「ジョー、メグ！　お母さまだよ！　お母さまがお帰りになったよ！」

第10章 自分を見つめ直す

エイミーの遺言書

メグやジョーが必死でベスの看病をしている間、エイミーはマーチおばさんの家でつらい日々を過ごしていた。

おばさんは、ジョーよりもぎょうぎのいいエイミーを気に入ったが、少しわがままなところがあるようだと気づき、自分がしつけをしようと決めた。

そして食器洗いやそうじ、おばさんに本を読んで聞かせることなど、次々に用事を言いつけて、その合間に長いお説教をくり返した。

そんな毎日のなかで、エイミーの心をなぐさめてくれるのは、ローリーとメイドのエスターだけだった。

ローリーは約束通り毎日やって来て、散歩につき合ってくれたり、馬車で遠くに連れ出してくれた。

エスターは、おばさんの家で長い間働いているフランス人で、フランスのめずらしい話をしてくれたり、おばさんの衣装だんすのなかの古いドレスやアクセサリーを見せてくれたりした。

「マーチおばさまがお亡くなりになったら、こんなにたくさんあるきれいなものはどうなるのかしら。」

エイミーは宝石箱の中身をながめながら言った。

「エイミーさまたち四人のおじょうさまのものになるんですよ。おくさまは遺言書もおつくりになっていますから、まちがいありません。」

「まあ、それはすてきですわ！」

それからというもの、家族とはなれているのはさびしかったのが、エイミーはお

ばさんのいいつけをよく聞いて、一生懸命に働いた。

そんなエイミーのためにエスターは、お祈りの部屋を用意してくれた。小さなお化粧部屋に机を置き、聖母マリアの絵をかざって、エイミーが一人でベスの回復を祈ったり、聖書を読んだりできるようにしてくれたのだ。

エイミーはお手伝いの合間にそこに行って、いろんなことを考えるようになった。

そんなある日、エイミーは、自分もマーチおばさんのように遺言書をつくろうと思いついた。

ローリーから、たくさんの人がベスを心配しているという話を聞くたびに、エイミーは、自分が病気になってもそれほど心配はしてもらえないだろうと思っていたからだ。そして、これからは自分勝手な考え方をやめて、ベスのように思いやりを持とうと決心したのだ。遺言書をつくることは、その第一歩になると思った。

そして、むずかしい言葉はエスターに教えてもらいながら、こんな遺言書を書いた。

『わたくしの遺言書　わたくし、エイミー・カーティス・マーチは、所有物のすべてを左記の者にゆずる。

父上にはわが最上の絵とスケッチを額縁に入れて差し上げます。

母上には青いエプロンをのぞいてわたくしのドレス全部を愛情込めて。

マーガレット姉上には、わが本物のレースをえりかざりとしておくります。

ジョーにはインクつぼと、せっこうのうさぎを。原稿を焼いたおわびです。

ベスにはわたしのおうぎと、リネンのえりをあげます。

ローリーには（首がないと言われましたけど）ねんど細工の馬をおくります。

ローレンスさまには、ふたに鏡のついたむらさきの箱を差し上げます。

仲よしのキティ・ブライアントには青いエプロンをキスと共におくる。

ハンナには、欲しがっていた紙製のぼうし箱を。

以上でわたくしの大切なものを全部処分したのですから、みなさん満足して、死んでしまったわたくしを悪く言わないでください。』


エイミーはローリーに証人としてサインをしてもらい、遺言書にふうをした。それからまたお祈りの部屋に行き、ベスのために祈りをささげた。

ローリーのいたずら

母が帰宅して、マーチ家はすっかり明るさを取りもどした。

母はベスのそばをはなれず、ベッドで休んでいるベスはときどき目を覚まし、母の笑顔を見ては幸せを感じていた。

メグとジョーは、母に食事やお茶を持っていくたびに、ふぶきで汽車がおくれたことや、ブルックさんがワシントンに残って父の看病をしてくれていることなどを聞いた。

ローリーは、ベスの回復を知らせにマーチおばさんの家に行った。エイミーはもうしばらくマーチおばさんの家にいることになったが、それに不満を言うことはなかった。

ある日、ジョーと母が居間で裁縫をしていると、メグが真っ赤な顔で入ってきた。

「ジョー、なんてことをしてくれたの！」

メグはポケットからしわくちゃの手紙を取り出し、ジョーにたたきつけた。

「これ、あなたが書いたんでしょう？　ローリーと一緒になって、わたしにひどいいたずらをしたんだわ！」

「あたしは何にもしてない、一体何の話？」

メグは泣き出して返事ができないので、ジョーと母はあわてて手紙を読んでみた。

『親愛なるマーガレットさま

わたしはもう自分の気持ちをおさえることができません。ぜひ、あなたがわたしをどう思っていらっしゃるのか聞かせていただけないでしょうか。わたしたちがおたがいに思い合っているとお伝えすれば、きっとご両親もわたしたちの交際を認めてくださると思います。ですが、まずはご家族には何もおっしゃらずに、ローリーを通じてあなたのお気持ちをお知らせください。

ジョン・ブルック』

ジョーは読み終えたとたんにどなった。

「ローリーだ！　にせもののラブレターを書くなんて許せない！」

ローリーの仕業だと思ったのには訳があった。

以前、ジョーが新聞社に原稿を持ち込みに行った日、ローリーは、メグが失くした手袋を持っている人の名前をこっそりジョーに教えた。それは、まさしくブルックさんだったのだ。

ローリーは、ブルックさんがメグのことを好きだと知っているから、こんないた

ずらを思いついたのだろう。手袋の話を聞いたとき、ジョーは大事な姉がブルックさんに取られてしまいそうでいやな気持ちがしたが、ローリーは「ロマンチックだ」と言ってよろこんでいた。

　メグは涙をぬぐいながらジョーにたずねた。

「ジョー、あなたは本当に知らなかったの？　この手紙、ブルックさんからだと言われてローリーに渡されたんだけど。」

「あたしは絶対に関係ない！」

「メグ、まさかこれにお返事を書いたりしていないでしょうね？」

　母がたずねると、メグはまた顔をおおって泣き出した。

「それが……わたし、書いてしまいましたの。こういう秘密を持っていると、自分が小説の主人公にでもなったような気分になって……。本当にばかでしたわ。」

「それで、どんなお返事をしたのですか？」

「それは……わたしは若すぎて、そういったことは何もわかりませんし、もしわたしを思ってくださっているならば、まずはお父さまにお話ししてくださいって。」

メグのつつしみ深い対応を聞いて、母は満足そうにほほえんだが、メグの涙は止まらなかった。

「そしたら今日、庭の郵便局にブルックさんからのお手紙が入っていたんです。あなたにラブレターなんて差し上げた覚えはないって……。」

メグは二通目の手紙もジョーと母に見せた。

「あたし、ブルックさんはどっちも見てないと思う。きっと両方ともローリーが書いたんだよ。」

「ともかく、ローリーから話を聞かなくてはいけませんね。」

母は落ちついた声で言った。

「ジョー、おとなりに行ってローリーを呼んできてちょうだい。」

ジョーに連れてこられたローリーは、マーチ夫人の顔を見たとたんに、いたずらの件だと察したようで、気まずそうな顔をした。

マーチ夫人はローリーを客間に連れていき、二人だけで話をした。

ジョーもメグも、二人が何を話していたかわからなかったが、三十分ほどすると客間に呼ばれた。

ローリーはひどく後悔した顔で立っており、深くメグに頭を下げた。

「メグ、本当にごめんなさい。今度のこと、ブルック先生は何も知らないんです。この先も、絶対先生には言いません。約束します。」

「わたし、あなたがあんなにひどいことをする人だと思わなかったわ。」

「ぼくがまちがっていました。しばらく口をきいていただけなくても仕方がないと思います。でも、何とか許してもらえませんか?」

両手をあわせて必死に謝る姿を見て、メグはローリーを許そうと思った。

だが、ジョーはまだ腹を立てていた。それをローリーにわからせたくて、わざとつんとしたまま話を聞いていた。ローリーはそれが気に入らなかったらしく、メグとの話がすむと、ジョーには何も言わずに帰っていった。

ジョーの仲裁

ローリーが帰ってしまうと、ジョーは冷たくしすぎたかもしれないと後悔し始め

た。そこで早めに仲直りをしようと思い、すぐにローレンス家に向かった。

ところが、玄関に出てきたメイドから、

「ローリーさまは今、お部屋から出ていらっしゃらないんです。」

と言われてしまった。

「かぎをおかけになってしまって、いくらお呼びしてもお返事もなさいません。先ほどお帰りになってすぐ、だんなさまと大げんかをなさって……。」

「だったらあたし、ようすを見てきます。」

ジョーは二階に上がると、ローリーの部屋のドアをはげしくノックした。

「うるさい！　しつこいぞ！」

そう言ってローリーがドアを開けた瞬間に、ジョーは部屋に飛び込んだ。

「なんだ、きみだったのか。」

「あたし、謝りに来たの。さっき、わざと意地悪な態度を取ったから。」

「そんなこと、もうかまわないよ。」

「だったらどうしてそんなにイライラしてるの？」

「おじいさまのせいだよ。ぼくがきみの家に何か迷惑をかけたらしいと気づいて、何をしたのか話せってしつこくてさ。でもきみのお母さまと、あの件についてはだれにも何も話さないって約束したんだ。だからしかられるのをじっとがまんしてたら……おじいさまはぼくのえりくびをつかんでどなりつけたんだ！」

「そう……そんなことがあったの……。」

「ぼく、カッとなって何をするかわからないと思ったから、おじいさまの部屋を飛び出してきたんだ。もうおじいさまの顔も見たくないよ。」

「そんなこと言わないの。おじいさまだって、きっと今ごろ後悔してらっしゃるんだから。下に行って仲直りしなさいよ。」

「だれが行くもんか！　メグには悪いことをしたから謝ったけど、おじいさまには

何もしてないじゃないか！　いつまでもぼくを子どもあつかいしないで、信じてくれればいいんだよ！」

「困ったおこりんぼうだね。じゃあ、ずっとここにいるつもり？」

「おじいさまが謝らないかぎりね。」

「そんなこと、あのおじいさまがなさるもんですか。」

「だったら、ぼくはこれからワシントンのブルックさんのところに行く。こんな家は捨てて、自由にやりたいことをやるんだ！」

「まったく……。じゃあ、あたしがおじいさまのほうからあなたに謝らせたら、家を飛び出すなんてことはやめる？」

「ああ、いいよ。でも、そんなことできるもんか。」

むくれ顔のローリーを置いて、ジョーは下に下りていった。

ローレンス氏の書斎のドアをノックすると、無愛想な声が返ってきた。

「お入りなさい。」

「あたしです、ローレンスさん。本をお借りしたくて来ました。『サム老人』の二巻を貸していただけますか。」

「ああ、いいとも。そのあたりにあると思うがね。」

ジョーは本棚から本をさがすふりをしながら、どう話を切り出せばいいか考えていた。すると、ローレンス氏のほうから話しかけてきた。

「あの子はお宅でどんな悪さをしたんだね？　かばうことなどないから話してもらえないだろうか。」

「たしかに悪いことはしました。でも、あたしたちはローリーを許してあげて、その件についてはだれにも何も言わないことにしようって約束したんです。」

「それはいかんな。わしは物事をかくされるのは好かんのだ。」

ローレンス氏の厳しい顔と声に、ジョーはにげ出したい気持ちになったが、勇気を出して言った。

「あたしたち、母に止められているのでどうしても申し上げられないんです。それに……ローレンスさんはもう少しローリーを信じてあげてもいいんじゃないでしょうか。いつもローリーに優しくなさっていますけど、ローリーがお気にさわるようなことをしたときだけは、少しお気が短いように思うんですが。」

「わしにそれを改めろと言うのだな？　もしできなければ、この先どうなる？」

「それは……ローリーはこの家を飛び出すかもしれません。」

するとローレンス氏の顔から血の気が引いた。そしてローレンス氏は、かべにかけられたローリーの父親の肖像画に目をやった。

ジョーは思った。

ローレンスさんはローリーのお父さまが家を飛び出したときのことを思い出して

後悔してるんだ。ローリーも同じことをするかもしれないなんて、言わなければよかった……。

ジョーはローレンス氏を元気づけようと明るい声で言った。

「あたしもときどき、同じようなことを考えるんです。家を出て、どこか遠くに行ってみたいなあなんて……。だから、もしあたしとローリーがいなくなったら、『少年二人行方不明』って広告をお出しになって、インド行きの船でもおさがしになるといいと思いますよ。」

するとローレンス氏は、ジョーの話はすべてじょうだんだったと思ったようで、ホッとした顔になった。

「困ったおてんば娘さんだ。すまんが、二階に行って孫を食事に呼んできてくださらんか。」

「ローリーは、おじいさまに謝っていただかないかぎり下りてこないと言っています。あたしならこういうとき、ローリーにおわび状を書くと思うんですが、いかがですか？　正式なお手紙をいただいたら、きっと機嫌が直りますよ。」

「ああ、わかった。便せんはどこだ？　こんなことはさっさとおしまいにしよう。」

ローレンス氏は、紳士同士のわび状にふさわしい手紙を書いてジョーに渡した。

ジョーはローレンス氏にお礼のキスをして、ローリーの部屋へ向かった。

またかぎがかかっていたので、とびらの下から手紙を入れた。声をかけても返事がないのであきらめて下に下りようとすると、ローリーが出てきた。

「さあ、下でおじいさまとご飯を食べて。」

ローレンス氏は紳士的な態度でローリーをむかえ、けんかは無事におさまった。

ところが、ローリーのいたずらの影響はこれだけでは終わらなかったのだ。数日後、ジョーが切手をさがして姉の机をかき回していると、「ミセス・ジョン・ブルック」と書かれた落書きが出てきた。ブルックさんからのラブレターはにせものだったが、メグは確実に本物の恋をし始めている。ジョーはそれを思い知らされたのだった。

第11章 クリスマスが再びやって来る

予想外の出来事

嵐のあとの晴天のように、おだやかな日々が続いた。ベスは日に日に具合がよくなり、ベッドを出て、書斎のソファで過ごすことが多くなった。お人形の洋服をぬえるぐらいにベスが回復したころ、エイミーもマーチおばさんの家から帰ってきた。

メグは、ベスにおいしいものを食べさせようと、手に傷をつくったりやけどをしたりしながら毎日料理をつくった。ジョーは、まだ一人では出歩くことができないベスを支えて家のまわりを散歩して歩いた。

そして、またクリスマスがやって来た。

その日、ベスは朝から特別気分がよく、母からもらったプレゼントの赤い部屋着を着て、うれしそうにしていた。

ジョーとローリーは、前の晩、庭でこっそりとプレゼントを用意していた。ベスは窓ごしにプレゼントを見つけ、笑い出した。庭には大きな雪だるまが立っていたのだ。それは、雪の国のおひめさまらしく、頭にひいらぎのかんむりをかぶってい

た。片方の手にはくだものと花が入ったかごを、もう片方には新しい楽譜を丸めて持っている。口からはピンクのふきながしが出ていて、そこに、ベスにささげる歌の歌詞が書かれていた。

ローリーは、笑い続けているベスのところに、おひめさまからのプレゼントであるくだものと花、そして楽譜を届けた。ベスは甘いぶどうを食べながら満足そうに言った。

「わたし、本当に幸せだわ。これでお父さまさえ帰ってきてくださったら、もう何もいらないと思う。」

「あたしも同じ気持ちよ。」

ジョーが言うと、メグとエイミーも、

「わたしだって。」

と声を合わせた。

「お母さまだって同じことよ。」

母もそう言い、四人の娘たちとほほえみ合った。

それから三十分ほど経ったころだ。ベスを書斎のソファで休ませて、みんなで居間にいると、とびらが開いてローリーが現れた。

「マーチ家のみなさんに、クリスマスプレゼントがあります。」

ローリーはうわずった声で言うと、一歩横にずれた。すると、かれの後ろにいた二人の男性の姿が見えた。それは、ブルックさんにつきそわれたマーチ氏だった。

メグもジョーもエイミーも、いっせいに父にかけより、だきついた。

大さわぎのなか、われに返ったマーチ夫人は、あわてて娘たちに注意をした。

「みんな、少し静かにしましょう。ベスが休んでいるんですよ。」

そのとき、ベスが部屋に入ってきた。一人で歩くことはまだむずかしかったはず

なのに、父が帰ってきたよろこびで、力がわいたのだろう。ベスは父にかけより、うでのなかに飛び込んだ。

その光景にみんな胸を打たれていたのだが、次に現れた人物を見て、だれもがお腹をかかえて笑い出した。台所にいたハンナが、大きな七面鳥を手にぶらさげたままやって来て、しくしくと泣いていたのだ。

笑い声がしずまると、マーチ夫人はブルックさんにこれまでのお礼を言った。ベスは父と一緒に大きな長いすに座って話を始めた。

「連絡せずに帰って、みんなをおどろかせようと思ったんだよ。」

父はいたずらっぽく笑って言った。

「体はずいぶんよくなったし、天気もいいから、今なら家に帰ってもいいとお医者さまが言ってくださったものでね。」

四姉妹は、この日ほどおいしいクリスマスのごちそうを食べたことはなかった。キツネ色に焼けた七面鳥も、とろけるようなプディングも、一口味わうごとに幸せを感じた。

ローリーとローレンス氏、ブルックさんも招いて何度もかんぱいをし、陽気に歌を歌い、楽しい時間が過ぎていった。だが、ジョーはときどきこわい顔をしてブルックさんをにらみつけており、ローリーはそれがおもしろくて仕方がなかった。

ローレンス家の三人が帰っていくと、マーチ家の人々はだんろをかこんだ。

「ねえ、あたしたち一年前はつまらない年になりそうだって文句を言っていたね。覚えてる？」

ジョーがたずねると、メグはだんろの火を見つめて答えた。

「ええ、でも過ぎてみると、楽しい一年だった気がするわ。」

「わたくしは、ずいぶんつらい年だったように思いますわ。」

エイミーが言うと、ベスは父にもたれかかって言った。

「でも、それももう過ぎ去ったんだわ。だって、お父さまが帰って来てくださったんですもの。」

「たしかに、お前たちには少しつらい旅路だったようだね。それでも、みんな本当によくがんばったよ。」

長い間会っていなかった父の言葉が、ジョーは少し不思議だった。

「お父さま、どうしてあたしたちがしていたことをご存知なんですか？　お母さまからお聞きになったの？」

「いや、それほど聞いてはいないがね、今日わたしはいくつか気づいたことがあるんだよ。」

父はまず、メグの手をにぎって言った。

「まずはこれだ。わたしは、この手が白くてすべすべしていたころをよく覚えているよ。」

今、メグの指はかさかさにあれて、手のこうにはやけどが、手のひらにはかたい豆ができていた。

「でもね、メグ。今の手のほうがずっときれいだとわたしは思うよ。この傷のなかに、お前ががんばってきたことが見てとれるからね。」

その言葉を、メグは何よりのごほうびだと思った。

父は次に、ジョーを見た。

「髪は短くなったけれど、一年前に別れた〝息子のジョー〟とはすっかり別人だね。口笛はふかないし、しきものの上にねそべったりもしない。もう立派なレディーだ。ジョーが送ってくれた二十五ドルで買いたいようないいものは、ワシントンじゅうさがしても見つからなかったよ。」

ジョーは目をうるませながら父の言葉を聞いていた。

「今度はベスですわね。」

エイミーは自分の番が待ちきれないと思いながら、がまんしてそう言った。

「元気になってよかったね、ベス。いつまでもこのままでいておくれ。」

ベスをだきしめて、ほおをすりよせた。そして、エイミーの髪を優しくなでながら言った。

「今日、エイミーがずっとお母さまのお手伝いをしていたことも、ニコニコしてみんなにお給仕をしていたのも、わたしはちゃんと見ていたよ。エイミーは自分のことよりも先に、人のことを考えられるようになったんだね。」

「ありがとうございます、お父さま。」

うれしそうに父の話を聞いていたベスが、立ち上がった。

「わたし、今夜はピアノをひきたいわ。お父さまのために。」

ベスはピアノの前に座ると、ばんそうをしながらかわいい声で讃美歌を歌った。

この歌声を二度と聞くことができないのではないかと、みんなが覚悟をしたときもあったのだ。

わたしたちの大切なベスが帰って来てくれた。メグもジョーもエイミーも、改めてそう思っていた。

マーチおばさま、問題を解決する

次の日もベスは、書斎のソファで過ごし、父はそのとなりに大きないすを置いて体を休めていた。母とメグたちは代わる代わる書斎に行っては、二人の世話をして過ごしていた。

午後になり、玄関のベルが鳴ったのでジョーが出てみると、ブルックさんがいた。

「こんにちは。夕べ、こちらにかさを忘れてしまったようで……。お父さまの体調もお聞きしたくておじゃましました。」

ジョーは、メグがブルックさんを好きなのだと知って以来、ブルックさんを目の敵にしている。

二人がおたがいの気持ちを知って、お父さまとお母さまが認めれば、結婚という話にもなりかねない。大好きな姉がこの家からいなくなることなど、ジョーは考えたくもなかった。

「あの、かさは具合がいいようです。父はかさ立てに入っていますので持って来ましょう。かさに、あなたがいらしたと知らせて来ます。」

突然の訪問にあわてたジョーは、父とかさをごちゃまぜにして返事をすると、書斎に向かった。入れ代わりに、メグがおくから出てきた。

「ブルックさん、どうぞおかけになってお待ちください。わたし、お茶をいれてまいります。」

「待って。行かないでください。ぼくからにげないで。」

「にげるなんて、わたし、そんなつもりじゃ……。」

ブルックさんは、赤くなっているメグの手をそっとにぎった。

「どうしても、あなたにお聞きしたいことがあるんです。」

ブルックさんに見つめられると、メグの心臓ははやがねのように鳴り始めた。

「メグ……ぼくは、あなたを愛しています。あなたを妻にして、幸せな家庭を築きたいと思っているんです。どうか、あなたのお気持ちを教えてもらえませんか？」

「そんな……存じませんわ。わたし、まだ若すぎますもの。」

「それなら、ぼくはいつまでもお待ちします。」

優しい目で顔をのぞきこまれて、メグは真っ赤になった。心臓の音はますます早くなり、メグはとっさに気持ちとは反対の言葉を口にしてしまった。

「あの……どうかお帰りになってください。わたしのことは、もう放っておいていただけますか。」

「メグ……。そんなこと、本気でおっしゃっているんですか？」

メグのそんな冷たい態度を見たのは初めてで、ブルックさんは青ざめていた。

「ええ……そうですわ。わたしのことなんて、もうお考えにならないで。」

そのとき、とびらが開いて、つえをついたマーチおばさんが入ってきた。おばさんは、今朝散歩の途中でローリーに会い、おいのマーチ氏が帰ってきたことを聞いて顔を見にやって来たのだ。

「おや、まあ！　これは一体何ごとですか？」

メグとブルックさんのただならぬようすを見て、おばさんは大声をあげた。ブルックさんはそれにおどろいて、おくの部屋ににげこんでしまった。

残されたメグは、ふるえる声でおばさんに言った。

「ブルックさんは、お父さまのお友だちですわ。かさを取りにいらしたんです。」

「ブルック？　ああ、ローリーの家庭教師だね。はいはい、ジョーから話は聞いているよ。わたしはこの前、あの子から何もかも聞き出したんだ。まさかお前、あの男と結婚する気じゃないだろうね？」

「えっ……。」

「よくお聞き、メグ。お前は立派な家にお嫁に行って、家族を助けなくちゃいけないんだよ。家庭教師と結婚だなんて、とんでもない！」

「わたし……わたしは、自分の好きな人と結婚しますわ。」

「やれやれ。お前がどうしてもあの男と結婚すると言うんなら、わたしは自分の遺産をびた一文お前にはあげないからね！」

メグはすっかり腹を立て、迷うことなくおばさんに言い返した。

「ええ、結構ですわ。おばさまはおばさまのあげたい方にお金をおあげになったらいいでしょう。わたしもジョンも、貧乏なんてちっともこわくありません。今までだって貧しくても幸せでしたし、これからもそうだと思います。あの方はわたしを愛してくださるし、わたしだって愛して……。」

言いかけた言葉をメグは飲み込んだ。

ついさっき、自分は〝愛するジョン〟に帰って欲しいと言ったばかりではないか。

あの人は、おくでわたしの言うことを聞いて、どう思っているだろう？

一方マーチおばさんは、かんかんにおこっていた。マーチおばさんは、美しいメグをお金持ちにとつがせて、立派な結婚式を挙げさせることを密かに楽しみにしていたのだ。

「よろしい、わたしはもう手を引きましょう！　もうお前のお父さんに会う気もなくなったよ！」

おばさんは大きな音を立ててとびらを閉めて帰っていった。

一人になったメグの前に、ブルックさんがもどってきた。

「メグ……ぼくをかばってくれてありがとう。ぼくはもう帰らなくてもいいのですよね？　ここにいて、幸せを味わってもかまわないのでしょう？」

小さくうなずいたメグを、ブルックさんはだきよせた。もしも、マーチおばさんが突然訪ねてきたりしなければ、こういうことにはならなかったのだろう。

メグはブルックさんの胸に顔をうずめて幸せをかみしめていた。

そこに、ジョーがもどって来た。ジョーは両親に、ブルックさんが来たことを伝えに行き、メグが失くした手袋をブルックさんが持っていることや、メグが「ミセス・ジョン・ブルック」という落書きをしていたことなどを話していたので、ずい

ぶん時間がかかってしまったのだ。

ぴったりとよりそっているメグとブルックさんを見て、ジョーは背中から水を浴びせられたような思いがして「あっ」とさけんだ。

その声でブルックさんはジョーに気づき、満面の笑みで言った。

「ジョーさん、どうかぼくらを祝福してください。あなたは、ぼくの妹になるんですよ。」

ジョーは返事もせずに書斎にかけもどって、金切り声を上げた。

「だれか何とかして！　ジョン・ブルックのやつがおそろしいことをやってるのに、メグがそれをよろこんでるの！」

それからジョーが泣いたりわめいたりしている間に、マーチ夫妻は客間でブルックさんと話をした。ブルックさんはメグとの結婚を認めて欲しいとたのみ、メグを幸せにするための将来の計画を熱心に語って、見事に父と母を説きふせた。

ハンナが鳴らすベルが家じゅうにひびいた。夕食の支度ができたのだ。

メグはブルックさんと一緒に、食卓に現れた。二人はあまりに幸せそうで、ジョーのしっとも、ゆううつな気分もうすれていった。いつもと変わらない古びた家のなかが、二人がいることで明るくかがやいて見えた。

食後のお茶を飲みながら、母がしみじみと言った。

「どこの家にも、いろいろな問題が起きる年というのがあるものです。わが家は今年がその年だったわけね。こんどは次から次にうれしいことが追いかけて来るんじゃないかしら？」

その言葉に四姉妹がうなずいたとき、ローリーとローレンス氏がやって来た。

「おめでとうございます。」

ローリーは大きな花束をかかえており、それを〝未来のジョン・ブルック夫人〟に手渡した。

「先生のプロポーズは絶対に成功すると思って持ってきたんです。やっぱりぼくの思った通りでした。先生は何かをやろうと決めたら、必ずやりとげる人なんですよ。」

「ありがとう、ローリー。ぼくたちの結婚式には今からご招待しておきますよ。」

「地の果てからでもかけつけますよ。その日のジョーの顔を見るだけでも、行く値打ちがありますからね。」

ジョーはしかめ面で言った。

「メグを人にあげてしまうのが、あたしにとってどんなにつらいか、あなたにはわからない。」

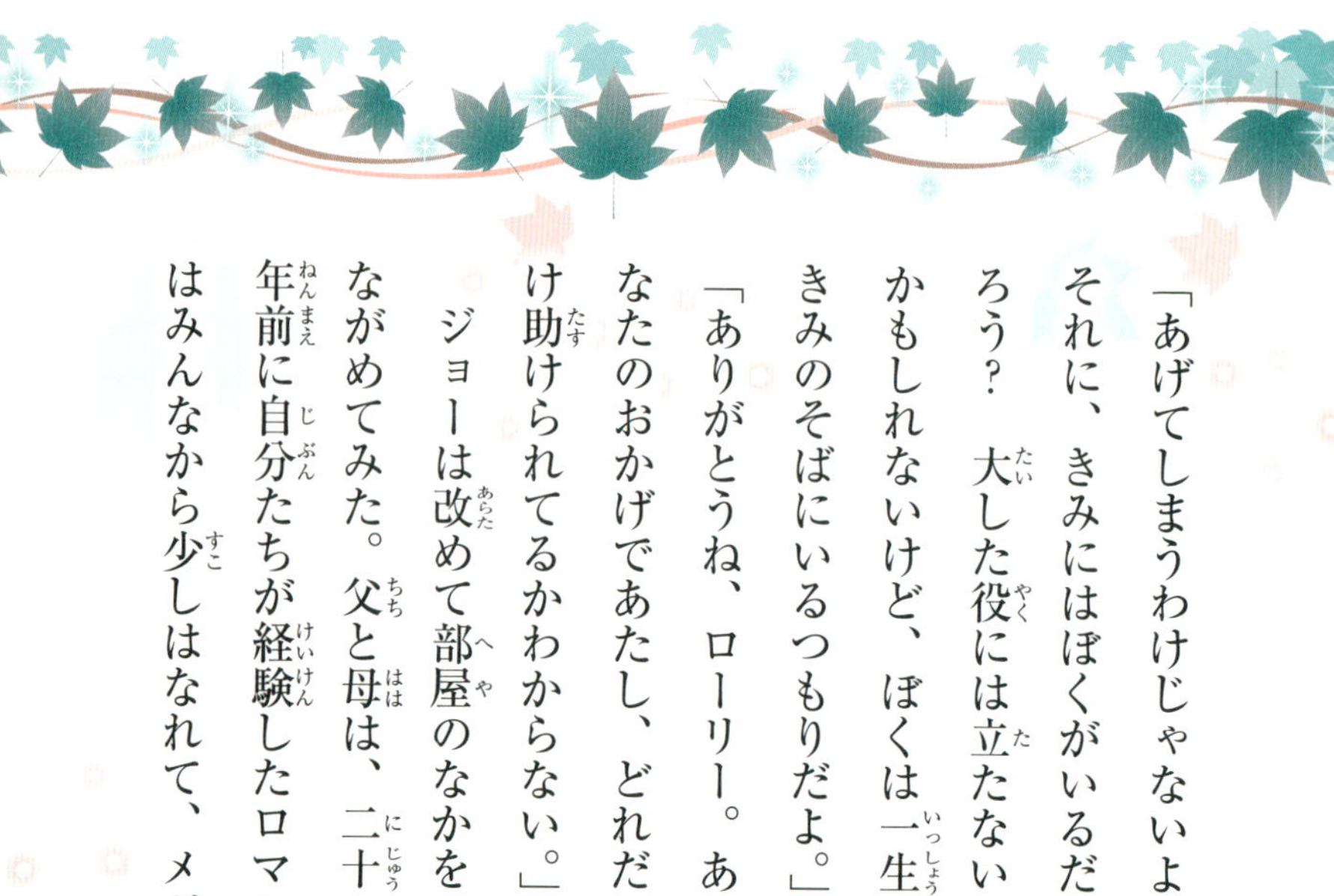

「あげてしまうわけじゃないよ。それに、きみにはぼくがいるだろう？　大した役には立たないかもしれないけど、ぼくは一生きみのそばにいるつもりだよ。」
「ありがとうね、ローリー。あなたのおかげであたし、どれだけ助けられてるかわからない。」
　ジョーは改めて部屋のなかをながめてみた。父と母は、二十年前に自分たちが経験したロマンスを思い返し、楽しそうに話をしている。エイミーはみんなから少しはなれて、メグとブルックさんの姿をスケッチし始めていた。べスはローレンス氏とのおしゃべりに夢中になっている。

これから先、自分たちの人生に何が起こるかはわからない。だがジョーは今、未来はきっと明るいものになるだろうと感じていた。

作者について知ろう

写真：
©Jerry Tavin/Everett Collection /amanaimages

ルイーザ・メイ・オルコット（1832-1888）

アメリカ合衆国のペンシルベニア州出身。貧しい家庭環境でしたが、自分の体験をもとにした小説である『若草物語』が大ヒットし、家計を支えていました。

生い立ち

思想家の父と慈善活動家の母のもとに生まれます。父の思想活動の影響で、小さいころからボストンやコンコードなど、さまざまなところに移住して過ごしました。そこでの経験が、オルコットの創作に大きな影響を与えています。

登場人物のモデル

『若草物語』は、オルコットがコンコードで過ごしたときのことをもとに書いた小説です。四姉妹も、彼女の姉妹がモデルになっており、次女のジョーはオルコット自身を描いたものです。

父との関係

オルコットは、『若草物語』のなかで、父親をあえてほとんど家にいないものとして書きました。これは決して、オルコットが父と仲が悪かったわけではありません。母親であるマーチ夫人や四姉妹の言葉を使い、父親のすばらしさを伝えることによって、父の偉大さを強調しているのではないかといわれています。オルコットは、父を看取った二日後に亡くなりました。

ジョーとオルコット

オルコットは、ジョーと同じく、勝気で男の子っぽい性格でした。しかし、病気もせず健康で丈夫なジョーに対し、オルコットは、生涯病気に苦しみ、健康とはほど遠い生活を送っていました。オルコットは、自分の病気の部分はジョーには背負わせず、戦争に参加している父親の代わりに、家族を守ろうとするたくましい少女として描いたのです。

『若草物語』シリーズ

- 『続・若草物語』(1869)
- 『第三若草物語』(1871)
- 『第四若草物語』(1886)

作品が書かれたのはこんな時代

『若草物語』は、19世紀後半のアメリカを舞台に書かれた物語です。当時のアメリカ社会は、まだ今よりも男性の立場が強く、男性側に有利でした。このような社会では、女性が自分の夢をかなえることはとてもむずかしく、結婚して家事をするか、外に働きに出ても職業がかぎられていました。

そんななかでも、四姉妹はそれぞれ夢を持ち、実現しようと奮闘します。とくにジョーは、小説家の夢をかなえるために、何年もかけて書いた小説を新聞社に持ち込んで掲載してもらいます。「女性である」という、この時代では不利な状況下でも、逆境に屈することなく夢に向かってがんばる姿は、いつまでもわたしたちに勇気と夢を与えてくれるでしょう。

<参考文献>

- 『若草物語』吉田勝江訳、角川文庫、2008年
- 『若草物語』松井里弥訳、ヴィレッジブックス、2012年
- 『英米児童文学の黄金時代』桂宥子、髙田賢一、成瀬俊一編著、ミネルヴァ書房、2005年

トキメキ夢文庫　刊行のことば

長く読み継がれてきた名作には、人生を豊かで楽しいものにしてくれるエッセンスがつまっています。でも、小学生のみなさんには少し難しそうにみえるかもしれませんね。そんな作品をよりおもしろく、よりわかりやすくお届けするために、トキメキ夢文庫をつくりました。日本の新しい文化として根づきはじめている漫画をとり入れることで、名作を身近に親しんでもらえるように工夫しました。

ぜひ、登場人物たちと一緒になって、笑ったり、泣いたり、感動したり、悩んだりしてみてください。そして、読書ってこんなにおもしろいんだ！　と気づいてもらえたら、とてもうれしく思います。

この本を読んでくれたみなさんの毎日が、夢いっぱいで、トキメキにあふれたものになることを願っています。

2016年7月　新星出版社編集部

＊今日では不適切と思われる表現が含まれている作品もありますが、時代背景や作品性を尊重し、そのままにしている場合があります。
＊原則として、小学六年生までの配当漢字を使用しています。語感を表現するために必要であると判断した場面では、中学校以上で学習する漢字・常用外漢字を使用していることもあります。
＊より正しい日本語の言語感覚を育んでもらいたいという思いから、漫画のセリフにも句読点を付加しています。

原作✻ルイーザ・メイ・オルコット

編訳✻中川千英子

マンガ・絵✻くろにゃこ。

本文デザイン・DTP✻(株)ダイアートプランニング（髙島光子）

装丁✻小口翔平＋上坊菜々子（tobufune）

構成・編集✻株式会社スリーシーズン（若月友里奈）

本書の内容に関するお問い合わせは、**書名、発行年月日、該当ページを明記**の上、書面、FAX、お問い合わせフォームにて、当社編集部宛にお送りください。**電話によるお問い合わせはお受けしておりません**。また、本書の範囲を超えるご質問等にもお答えできませんので、あらかじめご了承ください。

FAX：03－3831－0902

お問い合わせフォーム：http://www.shin-sei.co.jp/np/contact-form3.html

トキメキ夢文庫 若草物語

原　作　L・M・オルコット
編　者　新星出版社編集部
発行者　富永靖弘
印刷所　株式会社高山

発行所　東京都台東区台東2丁目24　株式会社 新星出版社
〒110-0016 ☎03(3831)0743

ISBN978-4-405-07246-6